地图上的
水浒传

第四册

星球地图出版社
STAR MAP PRESS

图书在版编目（CIP）数据

地图上的水浒传/许盘清主编；星球地图出版社编著. -- 北京：星球地图出版社，2025.1--（带着地图读四大名著）.

ISBN 978-7-5471-3086-5

Ⅰ.①地… Ⅱ.①许… ②…星 Ⅲ.①中国文学－名著－通俗读物 Ⅳ.① I207.412

中国国家版本馆 CIP 数据核字第 20242AS930 号

地图上的水浒传（第四册）

出版发行	星球地图出版社
地址邮编	北京市海淀区北三环中路 69 号 100088
网　　址	www.starmap.com.cn
印　　刷	廊坊一二〇六印刷厂
经　　销	新华书店
开　　本	185 毫米 ×260 毫米　16 开
印　　张	8.5
版　　次	2025 年 1 月第 1 版
印　　次	2025 年 1 月第 1 次印刷
审 图 号	GS（2024）4155 号
定　　价	218.00 元（套装 4 册）

联系电话：010-82028269（发行）、010-62272347（编辑）

版权所有　侵权必究

编 纂 委 员 会

罗先友	人民教育出版社，原副社长，编审，文学博士，原《课程·教材·教法》和《小学语文》主编
纪连海	北京师范大学第二附属中学，高级教师（历史），CCTV《百家讲坛》主讲嘉宾
赵玉平	中国传媒大学经济管理学院，教授，CCTV《百家讲坛》主讲嘉宾
李小龙	北京师范大学文学院，教授，副院长，博士生导师
许盘清	上海大学文学院，教授；自然资源部海洋发展战略研究所，特聘研究员
朱　良	北京师范大学地理科学学部，副教授，《地图学》精品课程主讲教师
左　伟	中国地图出版社，原核心编辑，编审，地理学博士
陈　更	北京大学，博士，CCTV《中国诗词大会》第四季总冠军，山东卫视《超级语文课》课评员
左　栋	自然资源部地图技术审查中心，高级工程师（地图制图学与地理信息工程）
郝文倩	杭州师范大学人文学院，教授，博士生导师
李　园	南京师范大学教师教育学院，教师教育实训中心副主任
李兰霞	北京交通大学语言与传媒学院，副教授，硕士生导师
吴晓棠	南京师范大学教师教育学院，讲师
王　兵	南京市教学研究室，历史教研员，高级教师（语文）
杨　俊	无锡市锡山区教师发展中心，教研室副主任，高级教师（语文）
陈　娟	江苏省新海高级中学，副校长，正高级教师（语文）
贺　艳	深圳市龙岗区南师大附属龙岗学校，副校长，高级教师（语文）
陈启艳	湖北省宜昌市外国语初级中学，正高级教师（语文）
冒　兵	南京航空航天大学苏州附属中学，正高级教师（语文），江苏省教学名师，苏州市学科带头人
陈剑峰	南通市第一初级中学，正高级教师（语文）
王　辉	湖北省宜昌市外国语初级中学，高级教师（信息技术）
刘　瑜	江苏省天一中学，高级教师（语文），无锡市学科带头人
刘期萍	深圳市龙岗区南师大附属龙岗学校，教学处副主任
万　航	湖北省宜昌市外国语初级中学，高级教师（地理）

编　辑　部

策　　划：王俊友、赵泓宇
原　　著：施耐庵
地图主编：许盘清、许昕娴
撰　　文：胡小飞
责任编辑：王俊友
统筹编辑：姬飞雪
地图编辑：刘经学、杨　曼
文字编辑：李婧儿、肖婷婷
插　　画：张　琳
装帧设计：今亮后生
审　　校：李婧儿、高　畅、刘经学、杨　曼、黄丽华
外　　审：罗先友、纪连海、赵玉平、李小龙、郗文倩、陈　更、李兰霞
审　　订：郝　刚、左　伟

目录

第九十一回　卢俊义一日取二城 …………002

第九十二回　吴学究定计打盖州 …………006

第九十三回　宋公明两路征田虎 …………010

第九十四回　唐寨主卧底献壶关 …………014

第九十五回　乔道清妖术败宋兵 …………018

第九十六回　入云龙兵围百谷岭 …………021

第九十七回　临大敌琼英做先锋 …………024

第九十八回　续姻缘张清配琼英 …………028

第九十九回　混江龙水淹太原城 …………032

第 一 百 回　没羽箭夫妇双建功 …………036

第一百零一回　浪荡子偷情奸臣媳 …………040

第一百零二回　吃官司龚端拜王庆 …………044

第一百零三回　护王庆范全帮易容 …………047

第一百零四回　段家庄王庆再成婚 …………051

第一百零五回　乔道清烧贼取宛州 …………055

第一百零六回 设疑兵宋江取山南 ………… 059

第一百零七回 抄后路宋军袭纪山 ………… 063

第一百零八回 萧嘉穗协取荆南城 ………… 066

第一百零九回 捉王庆宋江收失地 ………… 070

第一百一十回 庆元旦宋江触心痛 ………… 074

第一百一十一回 取润州宋江折三将 ………… 078

第一百一十二回 夺宣州宋江再失将 ………… 083

第一百一十三回 榆柳庄李俊小结义 ………… 088

第一百一十四回 打杭州宋江损兵将 ………… 095

第一百一十五回 吴学究智取宁海军 ………… 101

第一百一十六回 宋公明大战乌龙岭 ………… 108

第一百一十七回 虚晃枪宋江取睦州 ………… 112

第一百一十八回 战昱岭宋江破清溪 ………… 117

第一百一十九回 小旋风卧底捉方腊 ………… 121

第一百二十回 蓼儿洼好汉留悲歌 ………… 128

第九十一回

卢俊义一日取二城

点题

卢俊义一天连取陵川、高平两座城池，显示了他的将才。

那公人告诉戴宗，说河北田虎作乱，近日攻破了盖州，早晚要打到卫州来，他正奉命从卫州到省院去送告急公文。

戴宗、石秀回去把这事跟宋江说了。宋江就请宿（sù）太尉在天子面前保举他和众兄弟率军去征讨田虎。

第二天，天子封宋江为平北正先锋，卢俊义为副先锋，等扫平贼寇（kòu），再升官封爵（jué）。宋江、卢俊义领了圣旨，回营升帐，命关胜等十三人为前队，黄信等十六人为后卫。他自己和卢俊义则率领其余将佐为中军，往东北进发。

宋江兵马走到卫州。卫州官员迎接宋江等进城，并对宋江说，泽州是田虎手下伪枢密钮（niǔ）文忠镇守。这钮文忠已派部下张翔、王吉领兵一万攻打辉县；沈安、秦升领兵一万攻打武陟。

宋江听了，便和吴用商议如何救援辉县和武陟。吴用说率军去打盖州境内的陵川县，可以解辉县和武陟两县之围。卢俊义听了自告奋勇去打陵川，宋江大喜，立即拨给卢俊义马军一万，步兵五百。

第二天，卢俊义带兵直逼陵川城下，摇旗擂鼓挑战。陵川守将是钮文忠的部下董澄和副将沈骥（jì）、耿（gěng）恭。董澄听说梁山泊兵马已到城下，便让耿恭守城，他自己和沈骥出城迎敌。

宋军中朱仝出战董澄。两将斗不过十多个回合，朱仝拨马往东就走。

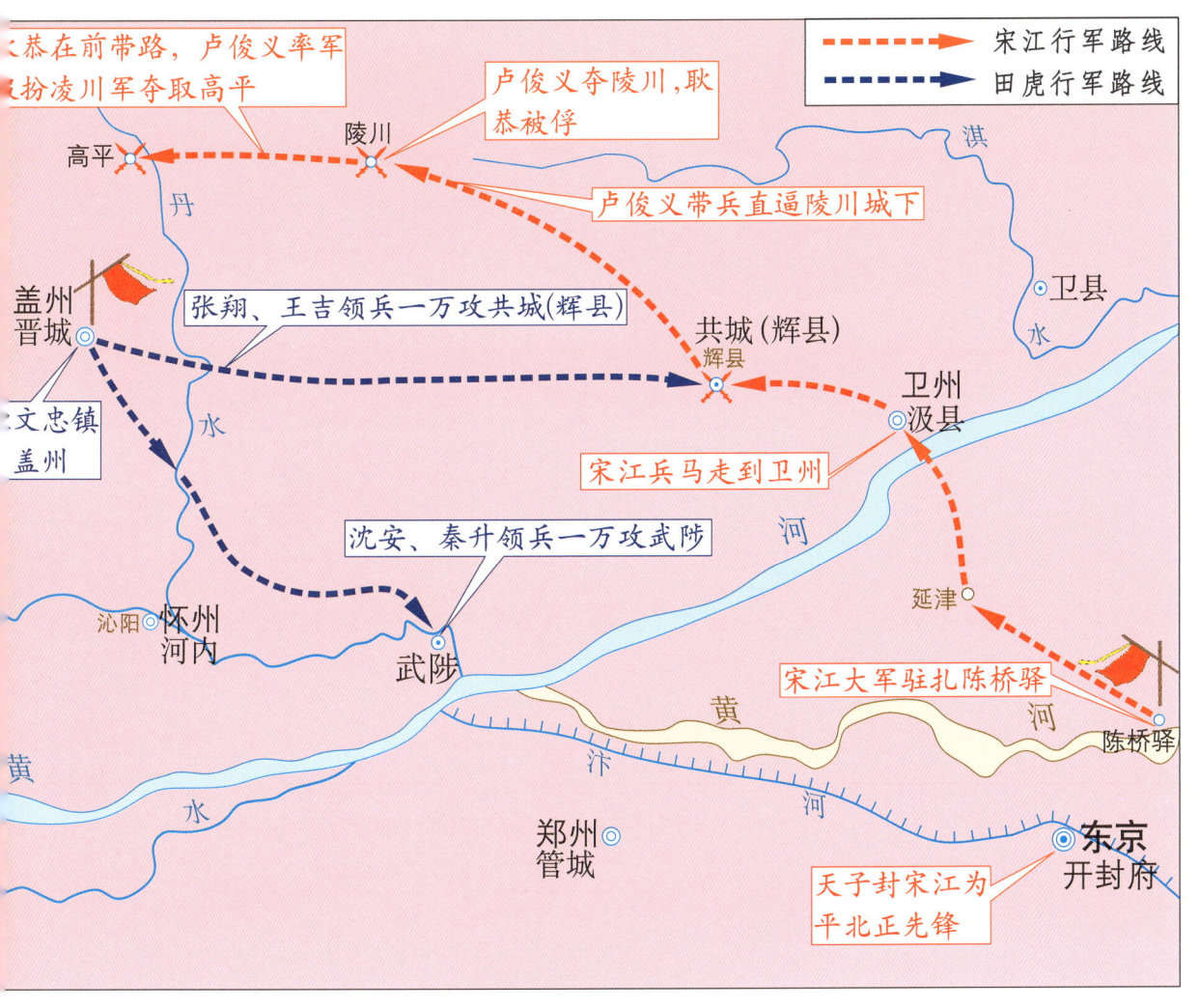

卢俊义一日取二城示意图

董澄赶来,花荣接住厮杀,斗了三十多个回合不分胜败。吊桥边的沈骥见董澄不能取胜,便上前助战。花荣见他们两个来夹攻,便拨马也往东走。董澄、沈骥紧紧追来,花荣回马再战。

这时,李逵、鲁智深、鲍(bào)旭等十几个头领,飞快抢向吊桥。耿恭见了急叫关门。说时迟那时快,鲁智深、李逵等早已抢进吊桥,杀散军士,夺了城门。耿恭见势不妙,下城楼想要逃跑,被鲍旭活捉了。

董澄、沈骥听到吊桥边喊声大作，急忙回马去救。花荣一箭把董澄射死。沈骥也被董平一枪戳（chuō）死。卢俊义人马进了陵川城。

　　耿恭被押上来，卢俊义亲自为他松绑。耿恭感谢卢俊义的不杀之恩，便投降了。卢俊义向耿恭打听盖州情况，耿恭都说了，并说高平县离此最近。卢俊义听了，便说出一条计策，然后命耿恭领一队人马去高平县，按计行事。随后，卢俊义又给众头领安排作战任务。

　　当晚，李逵、鲍旭等七个步兵头领换上陵川军士的衣甲，和耿恭手下的一百多名兵士，在耿恭的带领下，向高平县出发。史进、杨志领五百马军远远跟着，卢俊义领三千兵随后接应。

　　耿恭带着李逵他们来到高平城下，高声叫门。守城将官认得耿恭，观城下士兵穿着陵川的衣甲，手执陵川的旗帜。城上的将士大多认得城下士兵的头目。守城将军张礼就下令开门，放下吊桥。

　　城门打开后，耿恭一群人蜂拥而进。突然远处一支人马追来，为首的大喊："贼将休走！"耿恭身后的李逵等七人抽出兵器，一百多人一齐行动，抢入城中，挥刀便砍。城门口的军士被他们砍翻几十个，李逵等人夺了城门。

　　张礼连声叫苦，急下城来，被李逵撞见，一斧剁为两段。耿恭后面的史进、杨志也杀进了高平城，卢俊义进入高平城后，传令不准杀害百姓。天亮后，卢俊义便下令张榜安抚民众，向宋江报捷。

经典名句

人人要建封侯绩，个个思成荡寇功。

因观形貌生猜忌（jì），揭地掀天起战场。

上下相蒙，牢不可破。

国家费尽金钱，竟无一毫实用。

论功升赏，加封官爵。

经典原文

耿恭到城下高叫道:"我是陵川守将耿恭,只为董、沈二将不肯听我说话,开门轻敌,以此失陷。我急领了这百馀(yú)人,开北门从小路潜①走至此。快放我进城则个②!"守城军士把火照认了,急去报知张礼、赵能。那张礼、赵能亲上城楼,军士打着数把火炬(jù),前后照耀。张礼向下对耿恭道:"虽是自家人马,也要看个明白。"望下仔细辨认,真个是陵川耿恭领着百余军卒(zú),号衣旗帜,无半点差错。城上军人多有认得头目的,便指道:"这个是孙如虎。"又道:"这个是李擒(qín)龙。"张礼笑道:"放他进来!"只见城门开处,放下吊桥。又令三四十个军士,把住吊桥两边,方才放耿恭进城。后面这那军人,一拥抢进道:"快进去!快进去!后面追赶来了。"也不顾甚么耿将军。把门军士喝道:"这是甚么去处?这般乱窜(cuàn)!"正在那里争让,只见韩王山嘴边火起,飞出一彪(biāo)军马来,二将当先,大喊:"贼将休走!"那耿恭的军卒内,已浑着李逵、鲍旭、项充、李衮、刘唐、杨雄、石秀这七个大虫在内。当时各掣出兵器,发声喊,百余人一齐发作,抢进城来。城中措手不及,那里关得城门迭(dié)。

注释:①潜:暗地,偷偷。②则个:早期白话句末语助词,有"算了"的意思。

课外试题

卢俊义一天取了哪两座城池?

答案:陵川城和高平城。

第九十二回

吴学究定计打盖州

点题

宋江攻打盖州城，时迁放了一把火又立了大功。

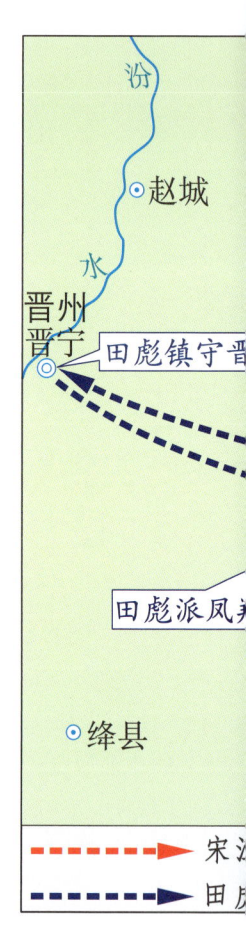

宋江听说卢俊义一日攻克两城的消息后，十分欢喜，打算拔寨西行。他与卢俊义合兵一处，但又害怕敌军南下，便令关胜、呼延灼（zhuó）、公孙胜领五千军马镇守卫州，再令水军头领李俊、二张、三阮、二童统领水军船只停靠在卫河，互相照应。

宋江领军来到高平城外，准备和卢俊义合兵一处，攻打盖州。松江因人马众多，不便入城，便在城外安营扎寨。第二天，宋江便命柴进、李应去守陵川，史进、穆弘去守高平。盖州守将钮文忠手下有四员猛将：猊（ní）威将方琼、貔（pí）威将安士荣、彪（biāo）威将褚（zhǔ）亨、熊威将于玉麟（lín）。这四位猛将手下又各有四员偏将，共计将佐十六员。

这天，宋江兵分五路攻打盖州。钮（niǔ）文忠听到消息后，一面派方琼迎敌，一面写信给威胜、晋宁两处告急求救。

宋江率军来到盖州城下后，方琼领兵出城，偏将杨端、郭信、苏吉、张翔，领兵五千，出城迎敌。刚交手，方琼就被孙立结果了性命，偏将张翔也被花荣射死。杨端、郭

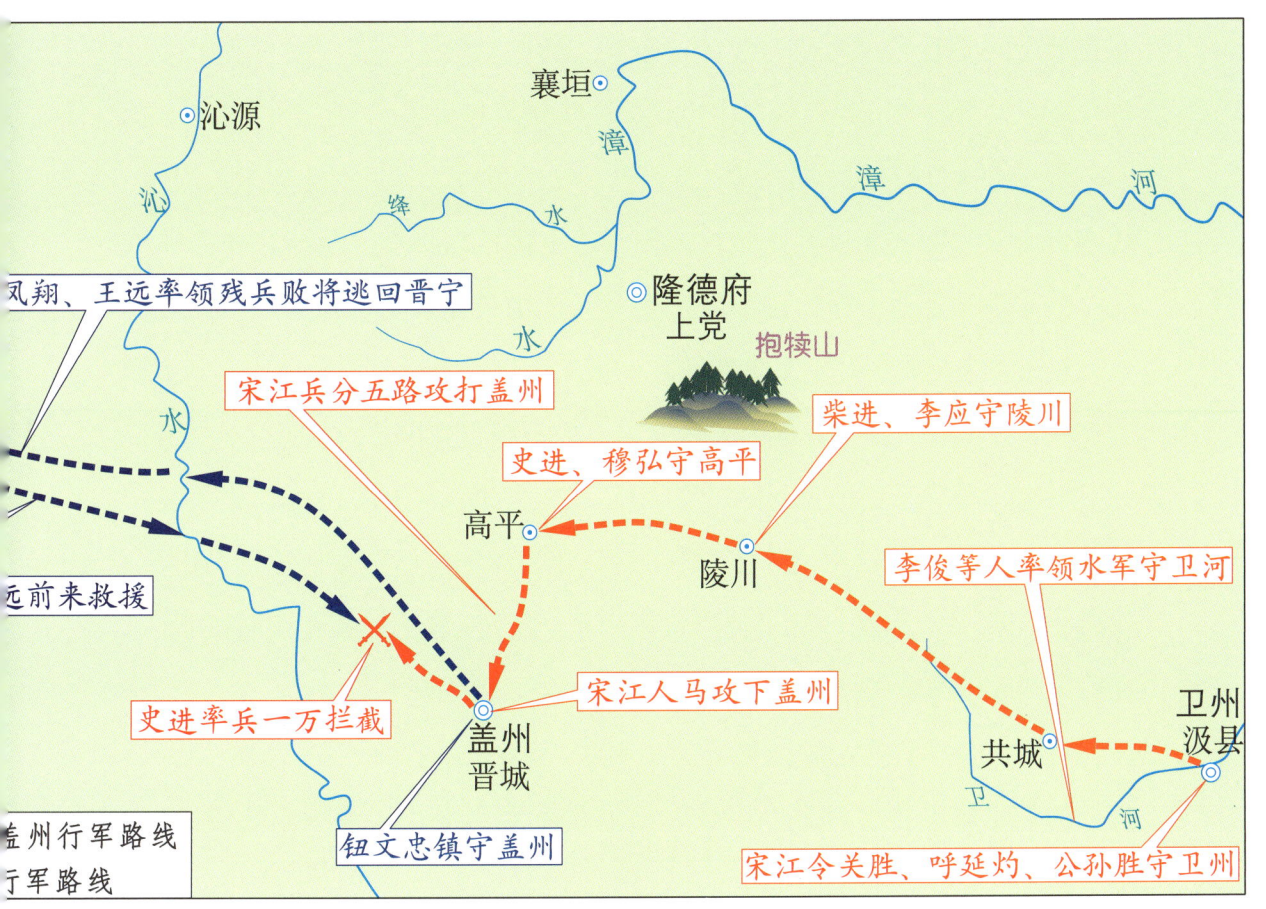

吴用定计打盖州示意图

信、苏吉逃回城中。当晚二更时，安士荣带领四个偏将和五千人马偷袭宋营，被吴用设下埋伏。混战中，偏将石逊（xùn）身负重伤，偏将沈安、王吉和一千多名士兵战死。钮文忠只好坚守城池，等待救兵。

宋江领兵攻打盖州城，连续六七天都攻打不下。这天宋江同卢俊义、吴用到南门督（dū）战，遇上花荣领兵巡逻。城上于玉麟同偏将杨端、郭信看见花荣渐渐靠近城楼。杨端便拈（niān）弓搭箭，向花荣射来。花荣右手一扬，抄箭在手，左手取弓，右手就拿那支箭，一箭正中杨端的咽喉。于玉麟、郭信吓得面如土色。宋江、卢俊义、吴用喝彩不已。

回到寨中，吴用叫来耿恭，问他盖州城中军事布置，又叫来时迁、石秀等十一员将领，命他们依计行事。又让戴宗往东、西、南三营，密传号令，只看城中火起，就全力攻城，众头领遵令去了。

钮文忠日夜盼望救兵，却消息全无。这天黄昏，只见西北烟尘大起，往东南而来。钮文忠以为是救兵，便派于玉麟出城接应。从西北来的那支军马，确实是晋宁守将田彪派来的救兵，由凤翔、王远带领，共二万人。但在离盖州城还有十多里的地方，被史进等人领一万人马截住。

晋宁兵虽有二万人，但因长途跋涉，怎抵挡得住宋军的以逸（yì）待劳？很快，晋宁军便丢盔（kuī）弃甲，死伤大半。凤翔、王远收集了残兵败将，又回晋宁去了。那于玉麟带着队伍出城接应晋宁军，才过吊桥，就遇上花荣。军士们大喊："神箭将军来了！"于玉麟更是被花荣吓破胆，连忙又领兵退回城去。

趁此机会，石秀、时迁穿着盖州军衣，混进城内，来到一个祠（cí）堂。祠堂里堆着很多乱草，时迁、石秀把乱草点着，又溜到草场点火。不一会儿，城中四五处火光冲天。

城外将士见城内火起，拼力攻城。解珍、解宝来到城南城墙稍矮的地方，顺着云梯爬上城楼，挥刀乱砍。一百多个宋兵跟在后面爬上城墙，杀死偏将石敬、秦升，砍翻守门军士，夺了城门，放徐宁他们进城。

徐宁入城后，同韩滔（tāo）杀向东门。安士荣被徐宁戳死。徐宁打开东门，林冲等冲入城中。秦明去抢夺西门，放董平等入城。偏将莫真、赫（hè）仁、曹洪为乱兵所杀。盖州城尸横遍地、血流成河。

天罗密布难移步，地网高张怎脱身。
今日功名青史上，万年千载播英雄。
出师未捷身先死，落日江流不尽悲！

经典原文

时迁、石秀挨①了一回，再溜下屋来，到祠（cí）外探看，并无一个人来往。两个再蹩（xué）几步，左右张望，邻近虽有几家居民，都静悄悄地闭着门，隐隐有哭泣之声。时迁再蹩向南去，连过一带土墙，却是偌（ruò）大一块空地，上面有数十堆柴草。时迁暗想道："这是草料场，如何无军人看守？"原来城中将士，只顾城上御敌，却无暇（xiá）到此处点视②。那看守军人，听的宋军杀散救兵，料城中已不济事，各顾性命，预先藏匿（nì）去了。时迁、石秀复身到神祠里，取了火种，把道人尸首上乱草点着。却溜到草场内，两个分投去，一连焠（cuì）上六七处。少顷（qīng），草场内烘烘火起，烈焰冲天，那神祠内也烧将起来。草场西侧，一个居民，听的火起，打着火把出来探听。时迁抢过来，劈手夺了火把。石秀道："待我们去报钮元帅。"居民见两个是军士，那敢与他别拗（niù）。时迁执着火把，同石秀一径望南跑去，口里嚷着报元帅，见居民房屋下得手的所在，又焠（cuì）上两把火，却丢下火把，蹩过一边。两个脱下北军号衣，躲在僻（pì）静处。

注释：①挨：等待。②点视：清点视察。

课外试题

时迁、石秀为什么要在盖州城内放火？

答案： 时迁和石秀在盖州城内放火的主要目的是为了扰乱敌人的部署，制造混乱，以协助宋军攻占敌方阵地，夺取盖州城。

第九十三回

宋公明两路征田虎

点 题

李逵梦中杀四大奸臣,还得到打败田虎的十字要诀。宋江与卢俊义兵分两路攻打田虎。

钮文忠和于玉麟带领偏将郭信、盛本、桑英等二百多人,从北门逃走,被李逵、鲁智深拦住去路。李逵手起斧落,把郭信、桑英砍翻。钮文忠被鲁智深一禅杖打死。只有于玉麟、盛本两人逃走。宋江领兵进入盖州城后,便写表向朝廷报捷。

过了三四天,张清和安道全前来报到。宋江想起明天就是元旦,便决定在元旦这天,大摆宴席,让众兄弟尽醉方休。

第二天正逢立春,下起大雪,宋江又办酒席赏雪。李逵多喝了几杯,酒劲上来,竟趴在桌上睡着了。

大家继续谈笑风生。不知过了多久,李逵突然抬起头来,嘴里嘟囔(dū nāng)着:"原来是梦,却也开心!"

大家问他梦见了什么,这么开心?原来,李逵在梦中梦见他的老娘还没有死,正在和他说话,不料却一只老虎来了打断了梦。大家听了,都为他惋惜。李逵又眉飞色舞地说,他还梦见更开心的事。众人又饶有兴趣地让他讲下去。

李逵又说他在梦中杀了蔡京、童贯、杨戬(jiǎn)、高俅四个奸臣。

宋江两路诛田虎示意图

众人听了拍手大叫:"开心,开心!做这样的梦确实开心!"

李逵又说:"还有一个奇怪的梦呢。一个秀才要我转告宋哥哥一句话,'要夷田虎族,须谐琼矢镞(shǐ zú)',说这十个字是擒拿田虎的要

决。"众人都参不透这十个字什么意思。只有安道全听到"琼矢镞"三字，心中一动，正要开口，却被张清以目示意止住。

次日，宋江升帐，命呼延灼、关胜守卫州，柴进、李应守陵川，史进、穆弘守高平。宋江自己和卢俊义兵分东西两路前去征讨田虎。东路大军渡壶关，经过昭（zhāo）德，由潞城、榆社直抵沁源，再从大谷走到临县，会兵合剿；西路大军攻取晋宁，走出霍山，攻取汾（fén）阳，从介休、平遥、祁（qí）县直抵威胜之西北，合兵临县，在攻取威胜，擒拿田虎。

当下宋江分配两路将佐：宋江领正偏将四十七员，卢俊义领正偏将四十员。分派已定，宋江问卢俊义选哪一路大军。卢俊义说自己听从安排。宋江提议拈阄（jiū）决定。结果宋江拈中东路，卢俊义拈中西路。

正月初六那天，宋江、卢俊义各自率军从北门出发。不久，宋江人马来到距离壶关五里的地方安营扎寨。

壶关由田虎手下八员猛将和精兵三万镇守。这八员猛将分别是山士奇、陆辉、史定、吴成、仲良、云宗武、伍肃、竺（zhú）敬。山士奇深受田虎信赖，壶关所有军事都由他定夺，不必请示田虎。

山士奇听说官兵已在壶关南五里扎营，就点兵一万，同史定、竺敬、仲良领兵出关迎敌。山士奇第一个出阵叫战，林冲出阵迎战。两人斗了五十多个回合，不分胜负。竺敬见山士奇不能取胜，飞马前来助战，宋营张清飞马接战。

张清和竺敬斗到二十多个回合，瞅（chǒu）准竺敬面门，一石子飞去，正中竺敬鼻凹。竺敬翻身落马，张清回马来刺。壶关阵里史定、仲良齐出，救下竺敬。双方鸣金收兵。

空中白鹭群飞，江上素鸥翻覆。
不识存亡妄逞（chěng）能，吉凶祸福并肩行。

李逵笑道："还有快当①的哩！"又说到杀了蔡京、童贯、杨戬（jiǎn）、高俅（qiú）四个贼臣。众人拍着手，齐声大叫道："快当！快当！如此也不枉（wǎng）了做梦！"宋江道："众兄弟禁声，这是梦中说话，甚么要紧。"李逵正说到兴浓处，揎（xuān）拳裹（guǒ）袖②的说道："打甚么鸟不紧？真个一生不曾做恁般快畅（chàng）的事。还有一桩奇异：梦一个秀士对我说甚么'要夷（yí）田虎族，须谐（xié）琼矢（shǐ）镞（zú）'。他说这十个字，乃是破田虎的要诀，教我牢牢记着，传与宋先锋。"宋江、吴用都详解不出。当有安道全听的"琼矢镞"三字，正欲启唇说话，张清以目视之，安道全微笑，遂不开口。吴用道："此梦颇异，雪霁便可进兵。"当下酒散歇息，一宿无话。

注释：①快当：这里指快活。②揎拳裹袖：撸起袖子露出拳头。

课 外 试 题

李逵梦中的秀才要他转告宋江一句什么话？

要夷田虎族，须谐琼矢镞（shǐ zú）。

第九十四回

唐寨主 卧底献壶关

人物	项充（地飞星）
绰号	八臂哪吒（梁山排名第64位）
性格	忠义双全
兵器	254 把飞刀、团牌、铁标枪

点题

壶关守将山士奇联合抱犊山守将唐斌两面夹击宋江人马，没想到弄巧成拙，丢失了壶关。

第二天，林冲、张清领兵叫战，宋江派徐宁、索超随后接应。林冲、张清从早晨叫战到中午，关上都没有动静。林冲、张清正要回寨，只见山士奇同伍肃、史定、吴成、仲良领兵冲下关来。

徐宁、索超一齐纵马上前。林冲对战伍肃，张清迎战山士奇，索超力敌吴成、史定。七骑分成三团厮（sī）杀。

斗到酣（hān）处，林冲大喝一声，一矛刺死伍肃。吴成、史定两个战索超一个，却还是感乏力。不一会，史定拍马往本阵跑去，吴成被索超砍为两段。山士奇被张清一石子打中头盔，急忙领兵进关，闭门不出。

山士奇损失了二将，一面派人去田虎那里搬救兵，一面密请附近抱犊（dú）山的守将唐斌、文仲容、崔野，带领精兵抄宋江人马后路，与自己两面夹攻宋江人马。

宋江见半个月了，都不能攻破壶关，正在郁闷，忽然卫州关胜派人送信过来。宋江拆信看后，庆幸破关时机已到。

项充，原为芒砀山寨主，在吞并梁山时被公孙胜降服，后入伙梁山，担任步军将校。

唐斌卧底献壶关示意图

原来唐斌和关胜是密友。早年唐斌因背负命案,去投梁山,谁知半路上被抱犊山头目文仲容、崔野二人强请上山,奉为寨主。田虎招降唐斌,唐斌谁知力势单薄,只好违愿归附田虎。近期,唐斌到卫州与关胜私会,关胜也私访抱犊山。抱犊山唐斌等三个头领对宋江很是仰慕，有意归顺，现在正在等待机会。

山士奇派人密约唐斌悄悄出兵，等了十几天，唐斌才到壶关见山士奇。两人约定当夜三更，文仲容、崔野带领一万人马，潜到宋兵寨后，只等号炮一响，便从宋兵寨后攻击。

夜幕降临，唐斌瞅着间隙将字条绑在箭上，射向宋营，那字条上写着他唐斌已在壶关之内，炮声响后，便和文仲容、崔野两人里应外合。宋江和吴用看完字条后，开始周密布置，只等时机到来。

山士奇也在关内专等宋兵寨后的炮声。快到黎明时，只听连珠炮响，宋军寨后尘土飞扬。山士奇听到炮声后，便同史定领精兵一万，出关冲杀。唐斌、陆辉领兵一万随后接应。竺敬、仲良守关。

宋军见关内冲出人马，往后急退。山士奇一马当先，率军冲杀过来，猛听的一声炮响，宋军左右两边冲出两支人马，和山士奇、史定战在一起。

唐斌见宋兵杀出两支人马，急忙回马，在关口立马站定。山士奇、史定正在厮杀，宋寨中又一声炮响，李逵、鲍旭、项充、李衮等杀了过来。这时，山士奇才知宋军早有准备，急忙回马上关。

唐斌立马关前，大叫："壶关已属宋朝，山士奇下马投降！"说着手起一矛把竺敬戳（chuō）死。山士奇大惊，往西逃去。

此时林冲、张清、李逵等已抢着上关。仲良被乱兵杀死，史定被徐宁戳翻。宋江率领大军入关。唐斌、文仲容、崔野拜见宋江，宋江设宴为唐斌三人庆功。

宋江问唐斌，昭德关内有多少兵将实力。唐斌说有兵马二万，正偏将佐共十员。唐斌说完，便自荐为先锋，领兵去攻打昭德关。耿恭说他愿意和唐斌一同前往。宋江答应他们的请求后，又让文仲容、崔野带领本部人马回抱犊山驻扎，以挡一面。于是文仲容、崔野拜别宋江，率军往抱犊山去了。

经典名句

不可胜者,守也;可胜者,攻也。

从此清溪如破竹,梁山功业更无双。

三吴都会地,千古羡无穷。

经典原文

山士奇当先驱兵卷杀过来,猛听的一声炮响,宋兵左右,撞出两彪军马,杀奔前来。唐斌见宋兵两队杀出,急回马领兵抢上关来,横矛立马于门外。山士奇、史定正在分头厮(sī)杀,宋寨中又一声炮响,李逵、鲍旭、项充、李衮(gǔn)领标枪牌手,滚杀过来。山士奇知有准备,急招兵回马上关。关前一将,立马大叫道:"唐斌在此,壶关已属宋朝,山士奇可速下马投降!"手起一矛,早把竺敬戳(chuō)死。山士奇大惊,罔(wǎng)①知所措,领数十骑,望西抵(dǐ)死冲突②去了。林冲、张清要夺关隘,也不来追赶,领兵杀上关来。那时李逵等步兵轻捷,已抢上关,即放号炮,同唐斌赶杀把关军士,夺了壶关。仲良被乱兵所杀。关外史定被徐宁搠翻。北兵四散逃窜,弃下盔甲马匹无数,杀死二千余人,生擒五百余名,降者甚众。

注释:①罔:不。②冲突:冲击突围。

课外试题

唐斌是哪里的守将?

壶关口。唐斌原本是蒲东守将,因与鲁智深是旧相识,投奔梁山做了头领,把守壶关口的大寨主。

第九十五回

乔道清妖术
败宋兵

人物	魏定国（地猛星）
绰号	神火将军（梁山排名第45位）
性格	火暴爽直
兵器	熟铜刀

点题

乔道清的法术让宋江吃尽苦头，混世魔王樊瑞都对乔道清无可奈何。

宋江分派唐斌、耿恭领兵先行，前去攻打昭德关，索超、张清领兵随后，李逵、鲍旭、项允、李衮（gǔn）领步兵五百往来接应。

田虎派国师乔道清去救壶关，殿帅孙安去救晋宁。乔道清能呼风唤雨、腾云驾雾，人称"幻魔君"。田虎作乱，乔道清帮忙不少，田虎就封他为国师、军师左丞相。

乔道清同雷震、倪麟（ní lín）、费珍、薛灿四员偏将，率精兵二千先行，命团练聂（niè）新、冯舾（xī）统领二万军马随后。

乔道清来到昭德城北十里外之时，正遇到唐斌、耿恭攻打昭德城北门。耿恭和唐斌知道乔道清的厉害，劝李逵不要轻敌，李逵哪里肯听，挥板斧冲了上去。鲍旭、项充、李衮怕李逵有失，领五百团牌标枪手一齐杀过去。

乔道清不慌不忙，手拿宝剑望空一指，口中念念有词，喊声："疾！"，霎时，黑雾漫漫，狂风大作，飞沙走石，更有一团黑气把李逵等五百多人罩住，然后将他们活捉了。耿恭见势不好，打马往东跑了。唐斌来不及逃

魏定国，原为凌州团练使，擅长火攻，曾与单廷珪一起征讨梁山，后被俘，顺势入伙梁山。

018

跑，也被活捉了。

林冲、徐宁领兵前来接应耿恭，耿恭领几个败卒和林冲一同去告诉宋江李逵等人被活捉了。宋江听了，便率领林冲等兄弟和二万军马去救人。

两军相迎，宋江鞭梢（shāo）一指，林冲、徐宁、索超、张清、鲁智深、武松、刘唐等一齐冲杀上去。乔道清作法，把剑一指，喊声："疾！"，霎（shà）时天昏地暗，飞沙走石。宋江军马慌忙逃走，不料前路竟是一片汪洋，半空还出现二十多个金甲神人，把鲁智深、武松、刘唐活捉去了。

宋江等害怕被擒，正要自刎（wěn），只见一个相貌怪异的人走过来说："我位尊戊（wù）己，特来救你们。"说完，便就地撮（cuō）把土，往前面滔天大水一撒，眼前的汪洋就变成了平地，然后那人就消失不见了。

宋江一行往南逃，半路遇上吴用等人前来接应。宋江跟吴用说了兵败被困遇神的事，吴用说是土神救了大家，宋江等听了，都望空拜谢。

宋江退兵十里安营扎寨。樊瑞从壶关赶到，准备明日再战乔道清。吴用又命张清四人去卫州请公孙胜来。

乔道清见宋江军马离去，当下收兵，和孙琪等一起入城。孙琪一面设宴庆功，一面将被捉的鲁智深等八人押到帐前劝降，并说如果不降就将他们斩首。鲁智深八人凛（lǐn）然不屈、视死如归。乔道清无奈，只好又命人押下。过了五六天，聂新、冯舾（xī）率大军赶到。乔道清领兵二万，再向宋江大寨杀来。宋寨中一声炮响，只见一将带队出战，正是混世魔王樊（fán）瑞。二剑并举，乔道清和樊瑞战作一团。战到酣处，樊瑞见个破绽，便向乔道清一剑砍去，砍了个空，险些栽下马来。原来乔道清使了个乌龙蜕（tuì）骨之法，人已早回到阵前。樊瑞惶恐归阵。

宋军中，圣水将军单（shàn）廷珪（guī）和神火将军魏定国，各领五百水军、火军向前杀来，火军手执火器，推出五十辆火车，内藏硫黄焰硝（xiāo），五色烟药，一起点着。顿时烈火飞腾。

乔道清手执宝剑，口中念念有词，喊声："疾！"，霎（shà）时乌云盖地，风雷大作，降下一块块冰雹（báo），向圣水军、神火军中打来。宋军被冰雹打得抱头鼠窜（cuàn），火焰尽灭。单廷珪、魏定国吓得魂不附体，慌忙逃回本阵。

乔道清仗剑做法，口中又念念有词，只见半空中一声霹雳（pī lì），飞沙走石，无数神兵天将，杀了下来。宋阵中马嘶（sī）人喊，乱窜起来，乔道清挥军掩杀过去。

经典名句 总教掬（jū）尽三江水，难洗今朝一面羞。

宋阵里旌（jīng）旗开处，一将纵马出阵，正是混世魔王樊（fán）瑞，手仗宝剑，指着乔道清大骂："贼道，怎敢逞（chěng）凶！"乔道清心中思忖（cǔn）①道："此人一定会些法术，我且试他一试。"便对樊瑞喝道："无知败将，敢出秽（huì）言②！你敢与我比武艺么？"樊瑞道："你要比武艺，上前来吃我一剑！"两军呐喊擂鼓。樊瑞拍马挺剑，直取乔道清。道清跃马挥剑相迎。二剑并举，两魔相斗。起先兀（wù）是两骑马绞（jiǎo）做一团厮（sī）杀，次后各运神通，只见两股黑气，在阵前左旋右转，一往一来的乱滚。两边军士，都看的呆了。

注释：①思忖：思考、揣度。②秽言：肮脏话。

课外试题

宋江等人为何害怕被擒，想要自杀？

他们害怕被敌擒住后，遭到种种耻辱的残害。

第九十六回

入云龙
兵围百谷岭

人物	孙新（地数星）
绰号	小尉迟（梁山排名第100位）
性格	冲动、疾恶如仇
兵器	烂银枪、钢鞭

点题

强中自有强中手，乔道清的法术虽然胜过樊瑞，却敌不过公孙胜，被追得逃进百谷岭。

突然，宋寨中一道金光，冲散风砂，那些天兵神将都乱纷纷坠（zhuì）落阵前，原来是五彩剪纸制成的。乔道清又披发仗剑，捏诀念咒，只见千万道黑气滚滚而来。宋军中公孙胜手持宝剑，口中念念有词，一声大喝，半空里出现许多黄袍神将，把那黑气冲灭，原来公孙胜从卫州赶到了。

乔道清见法术被破，急忙向南败走。公孙胜让宋江派兵拦截，不要让他进城。

乔道清因为在众将面前夸了口，现被宋兵追赶得狼狈逃跑，十分羞怒，又硬着头皮迎战。

公孙胜和乔道清阵前再次斗法。乔道清被公孙胜用"五雷正法"神通，打得大败而逃。林冲纵马赶来，北军阵里倪麟提刀跃马接住。雷震纵马挺戟（jǐ）助战，汤隆又飞马迎住。四员副将士阵前厮杀。

孙新，军官子孙出身，后因为搭救解珍、解宝入伙梁山，担任东山酒店掌店头领。

021

斗了二十多个回合，林冲瞅个破绽，一矛把倪麟戳死。汤隆举起铁瓜锤照雷震顶门一下，连盔带头打碎。宋江指挥人马一齐冲杀过来。北军大乱，四散逃跑。

孙琪、聂新、费珍、薛灿保护乔道清，准备逃进昭德，却被徐宁、索超拦住。昭德守将戴美、翁奎（kuí）领兵出城接应，徐宁、索超分头拒敌。戴美和索超战有十多个回合，被索超砍为两段。翁奎急忙领兵进城。

徐宁领兵拦住乔道清的去路。孙琪、聂新敌住徐宁，费珍、薛灿保护乔道清往西逃去。聂新被徐宁一枪刺死。孙琪被张清一枪戳中后心，撞下马来。

宋江准备乘胜追击，公孙胜却说他想把乔道清降服，并请求亲自领兵去追赶乔道清。宋江同意后，公孙胜便同樊瑞、单廷珪、魏定国领一万军马，去追乔道清。

乔道清同费珍、薛灿率领残兵逃到昭德城西门，又被王英、孙新领兵拦住去路。乔道清、费珍、薛灿只好向北而逃。翁奎怕城池有失，不敢开门迎接乔道清。

乔道清、费珍、薛灿往北飞奔，公孙胜紧追不舍。乔道清见身边只剩下三十多人，只好逃往昭德城东北的百谷岭，在一座神农庙里藏身。公孙胜见了，便让人马将百谷岭团团围住。

宋江和吴用率军攻城。城中守将叶声等坚守城池。宋兵一连攻打两天都攻不下来。吴用说："暂停攻城，我只用几张纸，就可以拿下此城。"

急急如丧家之犬，忙忙似漏网之鱼。
兵不血刃（rèn）孤城破，将士投戈百姓安。
九宫衣服灿云霞，六甲风雷藏宝决。
八字神眉杏子眼，一部掩口落腮（sāi）须。

经典原文

无移时①，孙新、王英见公孙胜同樊（fán）瑞、单（shàn）廷珪（guī）、魏定国领兵飞赶上来。公孙胜道："两位头领，且到大寨食息，待贫道自去赶他。"孙新、王英依令回寨。此时已是酉（yǒu）牌时分。却说乔道清同费珍、薛灿领败残兵，急急如丧家之犬，忙忙似漏网之鱼，望北奔驰。公孙胜同樊瑞、单廷珪、魏定国领兵一万，随后紧紧追赶。公孙胜高叫道："乔道清快下马降顺②，休得执迷！"乔道清在前面马上高声答道："人各为其主，你何故逼我太甚？"此时天色已暮（mù），宋兵燃点火炬（jù）、火把，火光照耀如白昼（zhòu）一般。乔道清回顾左右，止有费珍、薛灿及三十余骑。其余人马，已四散逃窜去了。乔道清欲拔剑自刎，费珍慌忙夺住道："国师不必如此。"用手向前面一座山指道："此岭可以藏匿。"乔道清计穷力竭，随同二将驰入山岭。原来昭德城东北，有座百谷岭，相传神农尝百谷处。山中有座神农庙。乔道清同费、薛二将，屯扎神农庙中，手下止有十五六骑。只因公孙胜要降服他，所以容他遁入岭中。不然，宋兵赶上，就是一万个乔道清，也杀了。

注释：①无移时：不多时，一会儿。②降顺：投降归顺。

课外试题

公孙胜追赶乔道清到了什么地方？

答案

百谷岭。公孙胜追赶了乔道清很久之后，乔道清逃到山岭之中，公孙胜为了收服乔道清道清，并没有围困百谷岭。

第九十七回

临大敌
琼英做先锋

人物	李衮（地走星）
绰号	飞天大圣（梁山排名第65位）
性格	忠肝义胆、脾气暴躁
兵器	宝剑、团牌、标枪

点题

田虎的大将邬梨挂帅，意外成就了梁山好汉张清的美满姻缘。

吴用对宋江说，只需写一份告军民书，晓以利害，城中军马没有了乔道清做后台，自然举旗投降。宋江听了马上写了几十份告示，让军士用箭从四面射入城中，并传令各门暂缓攻击，静看城中动静。

第二天天刚亮，城上四门竖起白旗。原来守城偏将金鼎、黄钺（yuè）杀死了叶声、牛庚（gēng）、冷宁，献了城池，还从牢中放出李逵、鲁智深、武松、刘唐、鲍旭、项充、李衮、唐斌。

戴宗从晋宁回来，说卢俊义已经攻下晋宁。只是晋宁守将田虎的弟弟田彪逃跑。田虎所派的殿帅孙安率军来救晋宁，和卢俊义大战一场。卢俊义俘虏了孙安，饶他

李衮，原为芒砀山寨主，在吞并梁山时，被公孙胜降服，后入伙梁山，担任步军将校。

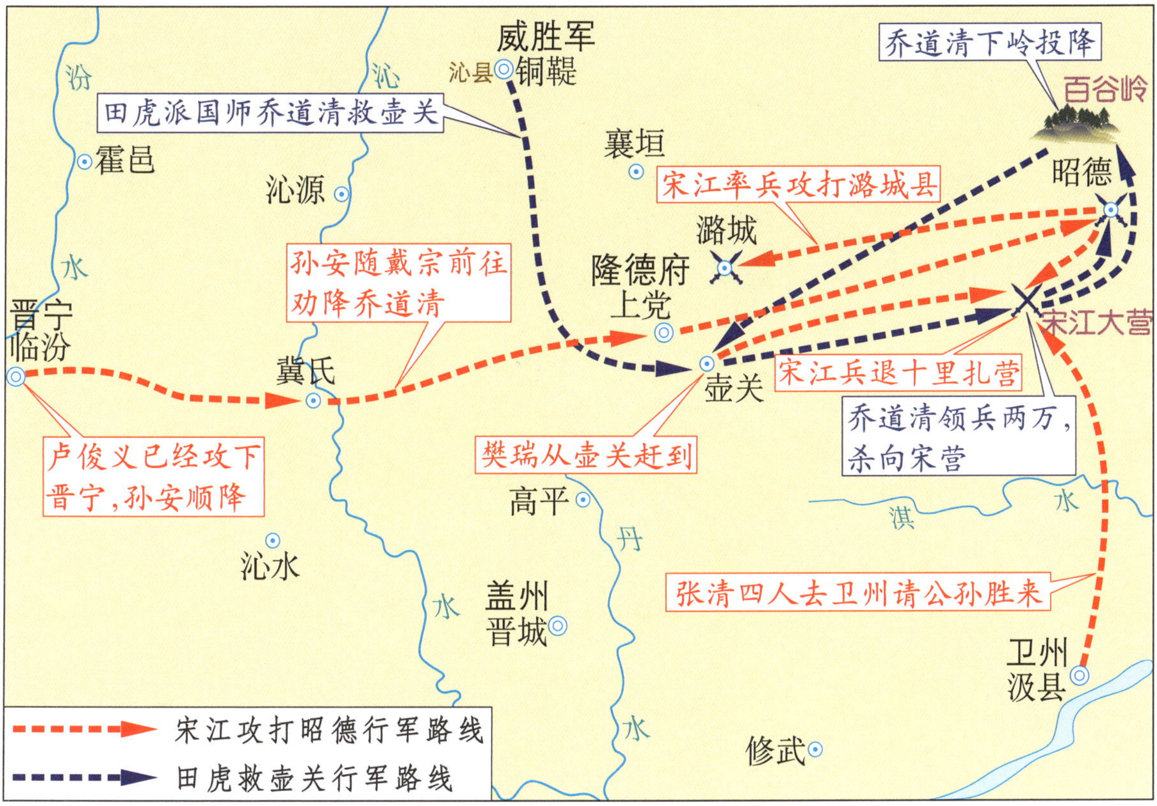

乔道清妖术败宋江示意图

不死。孙安被卢俊义的仁义所感动，投降了卢俊义，并说他和乔道清是老乡，可以劝说乔道清投降。于是，戴宗便和孙安一起来到宋江大营。

宋江让戴宗引孙安到公孙胜寨中，说明来意。公孙胜听了大喜，便请孙安进百谷岭寻找乔道清。乔道清和费珍、薛灿藏在神农庙里，见孙安寻上岭来，乔道清忙问孙安为何独自一人来到这里？岭下许多军马为什么不拦他？孙安便把他在晋宁被俘投降的事说了。

邬梨率军马去救潞城，派女儿琼英做先锋，奔宋江人马而来。

孙安对乔道清说："公孙先生就是你所敬慕的罗真人的徒弟。他专领罗真人法旨，前来点化你，同归正道。所以只将你围困在谷中，并不上山来捉你。乔道清听了，顿时明白孙安的意思，于是同孙安带了费珍、薛灿，下岭投降。

宋江率军进入昭德城后，便写表申奏朝廷，攻破了晋宁、昭德二府。朝廷派陈安抚前来犒（kào）军。宋江迎接陈安进城，便率军继续前进，去攻打昭德城北的潞城县。

潞城县守将池方听到消息后，连夜派人到威胜田虎处告急。田虎召集文武众官商议。国舅邬（wū）梨上奏说他愿意率军马去救潞城。

邬梨原是威胜富户，好使枪棒，两臂有千斤力气，开得一手好硬弓，惯使一柄五十斤重泼风大刀。固田虎娶他妹妹为妻，所以被封为国舅。邬梨又说："臣有个女儿名叫琼英，武艺精熟，更有一手独门技艺，能手飞石子，击打禽鸟，百发百中，人称'琼矢镞'。"田虎听了，便封琼英为郡主。统军大将马灵也愿率部前往汾阳退敌。田虎便让邬梨、马灵各拨兵三万，速速起兵前去。

邬梨领了圣旨兵符，命女儿琼英为先锋，率军奔昭德而来。

经典名句 上山如挽舟，下山如顺流。挽舟当自戒，顺流常自由。

经典原文

当有国舅邬梨奏道："主上勿忧！臣受国恩，愿部领①军马，克日②兴师，前往昭（zhāo）德，务要擒获宋江等众，恢复原夺城池。"那邬（wū）梨国舅，原是威胜富户。邬梨入骨好使枪棒，两臂有千斤力气，开的好硬弓，惯使一柄五十斤重泼风大刀。田虎知他幼妹大有姿色，便娶来为妻，遂将邬梨封为枢（shū）密，称做国舅。当下邬梨国舅又奏道："臣幼女琼英，近梦神人教授武艺，觉来便是膂（lǚ）力过人。不但武艺精熟，更有一件神异的手段，手飞石子，打击禽鸟，百发百中，近来人都称她做琼矢镞（shǐ zú）。臣保奏幼女为先锋，必获成功。"田虎随即降旨，封琼英为郡（jùn）主。邬梨谢恩方毕，又有统军大将马灵奏道："臣愿部领军马，往汾阳退敌。"田虎大喜，都赐金印虎牌，赏赐明珠珍宝。邬梨、马灵各拨兵三万，速便起兵前去。不说马灵统领偏牙将佐军马、望汾阳进发。且说邬梨国舅领了王旨兵符，下教场挑选兵马三万，整顿刀枪弓箭，一应器械。归第，领了女将琼英为前部先锋，入内辞别田虎，摆布起身。

注释：①部领：统辖率领。②克日：约定日期。

课外试题

琼英为什么叫作"琼矢镞"？

答案：琼英擅长飞石子击打禽鸟，百发百中。

第九十八回

续姻缘
张清配琼英

人物	顾大嫂（地阴星）
绰号	母大虫（梁山排名第101位）
性格	好爽、暴躁
兵器	双刀

点题

邬梨不是琼英的父亲，而是琼英的杀父仇人。张清、琼英结婚后，琼英报了父仇。

宋江听说田虎派马灵去救汾阳，邬梨已经杀到襄（xiāng）垣（yuán），就和吴用商议，分兵迎敌。

乔道清说他愿和公孙胜去劝降马灵。宋江就让他和公孙胜带二千士兵去了。

随后宋江命索超、徐宁等领兵两万攻取潞城县。宋江自己则领军马三万五千向北前发，并让王英夫妇先行。王英夫妇路上遇到北将叶清、盛本。扈（hù）三娘杀死了盛本。叶清领一百多骑逃往襄垣城，路上遇到琼英的军马。

那琼英本姓仇，她父亲仇（qiú）申是个富豪。叶清原是仇申的管家。六年前，仇申陪妻子回娘家，路上遇到田虎叛军，仇申夫妇被杀害。叶清知道后，便尽心抚养小主人琼英。过了一年，叶清夫妇和琼英被邬梨掳（lǔ）去。邬梨没有子女。见琼英眉清目秀，就收为义女，叶清也成了邬家总管。

顾大嫂，原与丈夫孙新开酒店，后因为搭救解珍、解宝入伙梁山，担任东山酒店掌店头领。

有一天，邬梨命叶清去石室山采集木石。叶清在山岗下意外发现了仇申妻子的尸体，不禁悲从心来。叶清还从一个士兵口中得知，琼英的母亲被田虎掳走后，不堪受辱而撞石自尽了。回邬府后，叶清便寻了一个机会将田虎杀死琼英父亲，逼死琼英母亲的事情告诉琼英。琼英听后泪如雨下，想要为父母报仇，但苦于没有机会，只得隐忍。从此她每天晚上都会梦到一位神人，一个少年将军来教琼英飞石技艺。神人还对琼英说，这少年就是她的宿世姻缘。

王英和琼英率领两军对阵。琼英把王英刺下马，扈三娘飞马来救，和琼英厮杀在一起。孙新救回王英，顾大嫂为扈三娘助战。琼英一石子打中扈三娘，扈三娘、顾大嫂急忙跑回本阵。琼英纵马追赶，遇上林冲。琼英一石子打来，林冲躲过。再发第二石子，打在林冲脸上，林冲败回阵去。

琼英挥军掩杀，李逵、鲁智深、武松、解珍、解宝带兵冲过来迎战。邬梨也领大军赶到，两边混杀起来。解珍、解宝被捉。邬梨被冷箭射中脖子，琼英急忙鸣金收兵。

过了两天，郁保四抓住一名奸细，孙安认出那奸细正是邬梨的总管叶清。叶清招供说因城中无良医，所以他特到城外为邬梨找医生治箭伤。此外，叶清还将琼英的身世说了出来，并说琼英早就想杀了田虎为父母报仇。

吴用听了对宋江说："上次李逵做梦，梦见一个秀才对他说'要夷田虎族，须谐琼矢镞（shǐ zú）'。这次破敌，全在琼英身上。"宋江听了，点头答应，又叫叶清、安道全、张清过来密授他们计策。

叶清回城后，说他已经找来了良医全灵、全羽。全灵进府给邬梨号脉用药，不过五天，邬梨的箭伤就治好了。全灵趁机请邬梨提拔他弟弟全羽，并说全羽一身武艺。邬梨就让全羽在府中听用。

听说宋江攻城，全羽主动向邬梨请缨（yīng）出战。叶清见了，假

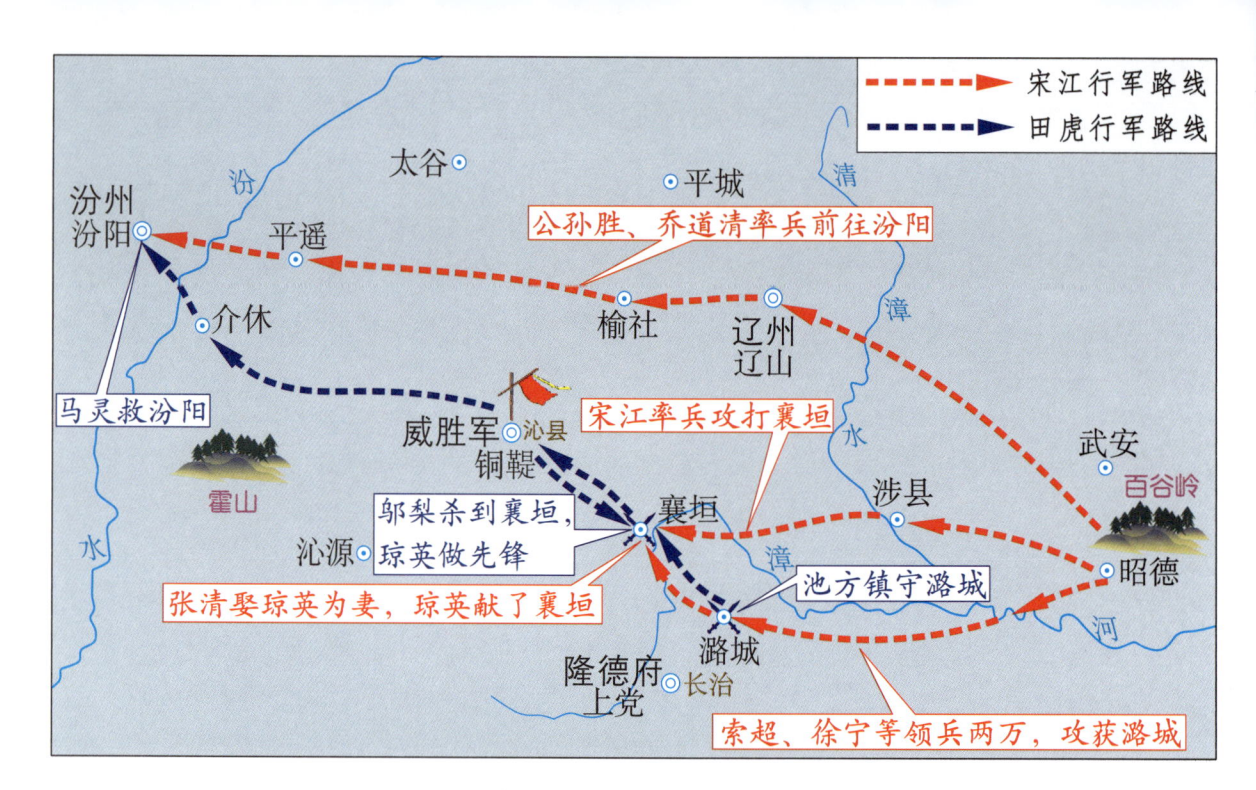

临大敌琼英做先锋示意图

装大怒，要与全羽比武。邬梨应允，二人提枪上马，在演武厅前大战数十回合，依旧不分胜负。此时，琼英站在旁边，见全羽年轻英俊，又见他的枪法和自己一样，猛然想起，梦中教她飞石的少年，正是这般模样。但琼英不知道他是否会使用飞石，于是便用画戟分开全羽、叶清两人，然后提枪上马，直取全羽。全羽提枪迎住。两人大战数十回合，依旧不分胜负。琼英突然回马便走，全羽纵马追赶。琼英回身连扔两个石子，都被全清接住。琼英心中十分诧异。邬梨怕琼英有失，忙叫全羽上厅，赐给他衣甲马匹，命他出城迎敌，杀退宋军。

一连两天，全羽用石子打得宋将乱窜奔逃。邬梨见了十分欢喜。叶清趁机劝邬梨招全羽为婿。邬梨点头同意，然后为全羽、琼英举办婚礼。

洞房花烛夜，全羽对琼英说，他的真名叫张清，琼英也把自己的身世告诉张清，并说邬梨是她的杀父仇人。过了两天，张清和琼英便下药毒死邬梨，并献上了襄垣城。

宋江听说索超、徐宁拿下潞城，又得了襄垣，非常高兴。接着，宋江又命萧让模仿邬梨的笔迹，写一封信，派叶清送给田虎，然后挥兵直捣威胜。

田虎接到信，知道邬梨既得猛将，又得佳婿（xù），就封全羽为中兴平南先锋郡马，还让两个伪指挥使跟叶清一起，到襄垣城封赏郡马。

经典名句 指头嫩似莲塘藕（ǒu），腰肢弱比章台柳。

经典原文 此时琼英在旁侍立，看见全羽面貌，心下惊疑道："却象那里曾厮（sī）见过的，枪法与我一般。"思想一回，猛然省（xǐng）悟道："梦中教我飞石的，正是这个面庞，不知会飞石也不？"便拈（niān）戟（jǐ）骤马近前，将画戟隔开二人。这是琼英恐叶清伤了全羽，却不知叶清已是一路的人。琼英挺戟，直抢全羽，全羽挺枪迎住。两个又斗过五十余（yú）合，琼英霍地回马，望演武厅上便走，全羽就势里赶将来。琼英拈取石子，回身觑（qù）定全羽肋下空处，只一石子飞来。全羽早已瞧科①，将右手一绰（chāo）②，轻轻的接在手中。琼英见他接了石子，心下十分惊异，再取第二个石子飞来。全羽见琼英手起，也将手中接的石子应手飞去。只听的一声响亮，正打中琼英飞来的石子。

注释：①瞧科：看清，察觉。②绰：同"抄"。

课外试题

全灵、全羽其实就是梁山好汉中的谁？

答案：全灵是燕青，全羽是张清。

第九十九回

混江龙
水淹太原城

人物	杜兴（地全星）
绰号	鬼脸儿（梁山排名第88位）
性格	知恩图报、性格刚烈
兵器	朴刀

点题

李俊趁着下雨涨水，挖开太原城四周的河堤，水淹太原城。

卢俊义打下了汾阳。汾阳守将田豹败走孝义县，路上遇上马灵领兵到来。马灵懂妖术，会使金砖打人，又会使风火二轮，日行千里，人称"神驹（jū）子"。马灵的手下偏将武能、徐瑾（jǐn），都学了马灵的妖术。当下马灵和田豹合并一处，统领三万雄兵，来到汾阳城下。

卢俊义率军与马灵交战，被马灵打伤雷横等宋营十员将领。卢俊义正在发愁，恰好公孙胜、乔道清领兵到来。不久，便听说东、西、北门有敌兵杀来。公孙胜、乔道清、卢俊义就各领人马，往东、西、北门迎敌。

马灵对上了欧鹏、邓飞。三人斗到十个回合，马灵便取金砖打欧鹏，被公孙胜使剑作法，破了法术。马灵脚踏风火二轮往东逃走，半路被鲁智

杜兴，在蓟州做买卖，因打死同伙，被监押大牢，为杨雄所救，后入伙梁山，给山寨四店打听消息。

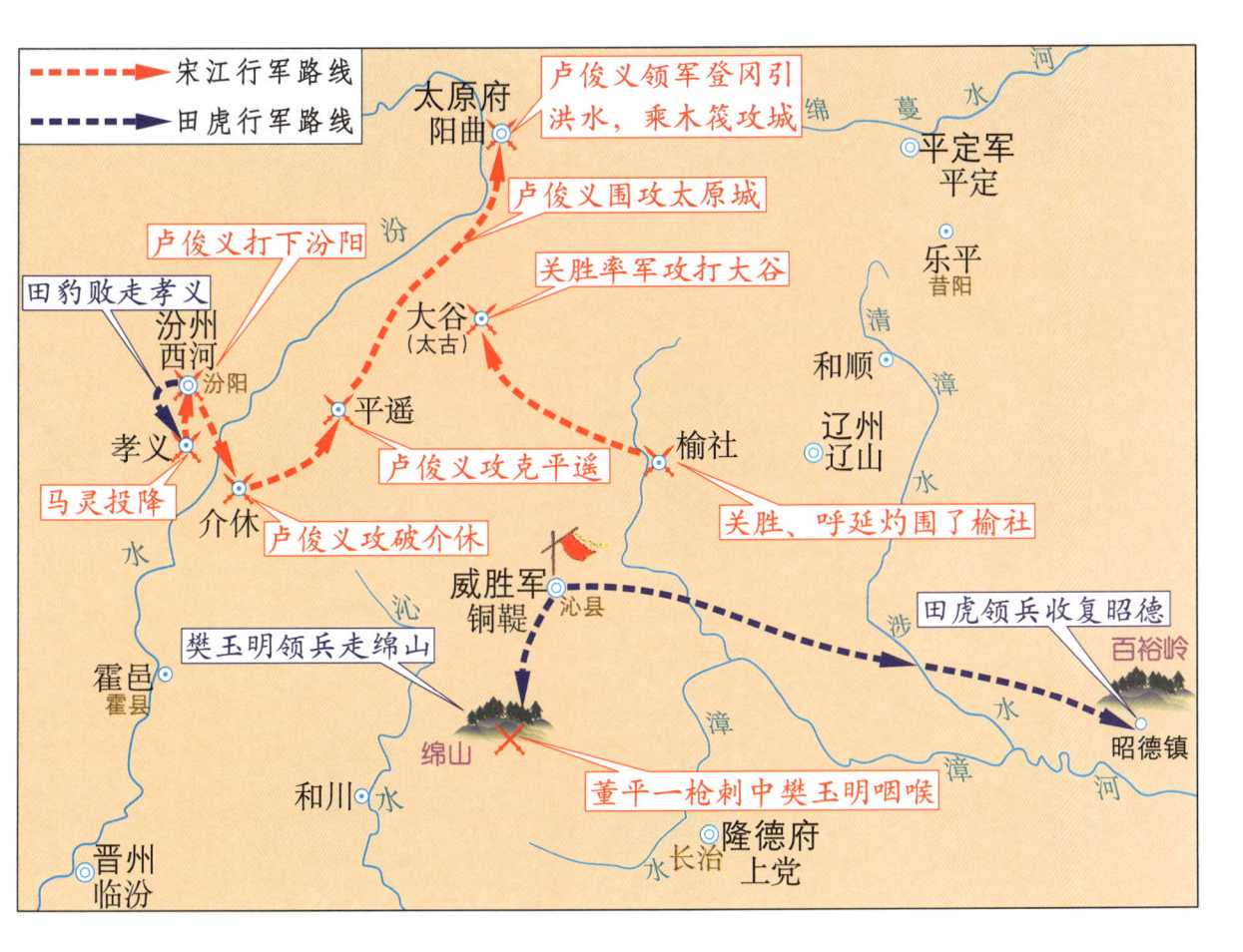

李俊水淹太原城示意图

深捉住。马灵被押府衙中，卢俊义亲自为他松绑。马灵见卢俊义如此意气，便跪下说愿意投降。

几天后，关胜、呼延灼围了榆（yú）社县，卢俊义破了介休城。田虎收到消息后，就派右丞相太师卞（biàn）祥领兵三万，去迎战卢俊义，又命太尉房学度领兵三万，去迎战关胜。

这时，叶清又到，对田虎说："邬（wū）国舅患病，不能管理兵马，恳请大王再派人马，协助郡主郡马收复昭德府"。田虎听后决定自己领兵十万御驾亲征，命兄弟田豹、田彪和都督范权辅太子田定监国。叶清命卜把这个消息连夜送给张清、琼英，张清又命解珍、解宝连夜送给宋江。

卞祥领兵三万出发。副将樊（fán）玉明、鱼得源、冯翊（yì）、顾恺（kǎi）领五千兵马先行。

樊玉明领兵走到沁（qìn）源县的绵山。花荣、董平、林冲、史进、杜兴、穆弘领精兵五千，挡住了他的去路。董平一枪刺中樊玉明咽喉，樊玉明翻身落马。冯翊飞马直奔董平，被花荣接住，一枪结果了性命。

董平、林冲、史进、穆弘、杜兴催动兵马杀过来。顾恺被林冲戳翻，鱼得源坠马，被践踏而死。北军大败，四散逃窜，宋兵追杀到五里外，遇上卞祥大军。史进舞起八环刀直取卞祥。二人战到三十余回合，花荣上前助战。卞祥力敌二将，又战了三十余回合。此时天色已晚，两边收兵。

当夜狂风大作，大雨倾盆。一连五天自此，大雨不停，河水暴涨。单廷珪、魏定国镇守潞城。关胜等人率兵水陆并进，先后攻克了榆社县、大谷县。由于连日大雨，关胜只得在城中屯扎，不能前进。而此时卢俊义留下宣赞、郝思文等人镇守汾阳府，他自己则率军先后攻克了介休、平遥两县。卢俊义围攻太原时，因为大雨，只得暂停攻打。李俊来见卢俊义，和卢俊义耳语一番。卢俊义大喜，传令军士冒雨砍木做筏（fá）。李俊等则分头行事去了。

太原城守将张雄、项忠、徐岳正商量如何守城，突然听到四面锣响。张雄急忙上城楼观望，只见城外大批宋军冒雨登上高冈。张雄正在惊疑，又听智伯渠边以及东西三处，喊声震天，只见山洪河水如千军万马一般狂泄（xiè）下来，直奔太原城。霎时间，水与城平。

李俊、二张、三阮等人，带领水军乘着战船木筏，直逼城墙。恰好水与城平，水军们爬上城头，砍杀守城士兵。

张雄被张横、张顺砍死。项忠、徐岳趴在大树上，被宋军抓住斩首。李俊占领了西门，张横兄弟夺了北门。阮小二、阮小五占领了东门，阮小七夺了南门。水退后，卢俊义率领大军入城。

经典名句

宁为鸡口，无为牛后。

秋中八月潮汹涌，天上黄河水泻（xiè）倾。

功过智伯城三板，计胜淮（huái）阴沙几囊（náng）。

经典原文

当时城中鼎沸，军民将士见水突至，都是水渌（lù）渌①的爬墙上屋，攀（pān）木抱梁。老弱肥胖的，只好上台上桌。转眼间，连桌凳也浮起来，房屋倾圮（pǐ）②，都做了水中鱼鳖（biē）。城外李俊、二张、三阮乘着飞江、天浮，逼近城来，恰与城垣高下相等。军士攀缘（yuán）③上城，各执利刃，砍杀守城士卒。又有军士乘木筏（fá）冲来，城垣（yuán）被冲，无不倾倒。张雄正在城楼上叫苦不迭（dié），被张横、张顺从飞江上城，手执朴（pō）刀，喊一声，抢上楼来，一连砍翻了十余个军卒（zú），众人乱窜（cuàn）逃生。张雄躲避不迭（dié），被张横一朴刀砍翻，张顺赶上前胳察的一刀，剁下头来。

注释：①水渌渌：水淋淋。②倾圮：倾塌。③攀缘：也作"攀援"。

课外试题

卢俊义怎么取得太原城？

答案：水灌太原城。卢俊义义围太原时，天雨倾盆，一连下了五日，便使河水暴涨，卢俊义便借住水势，水淹太原城。

第一百回

没羽箭夫妇双建功

点题

张清夫妇最后捉了田虎，立了大功。

田虎统领十万大军，因大雨在铜山南驻扎。忽然有消息传来，说邬国舅病亡，郡主郡马退军到襄垣，正为国舅办理丧事。田虎听了大惊，传旨命琼英在城中镇守，全羽前来听用。

第二天雨停，田虎正要派将士出战。有消息传来说，关胜攻破了榆社、大谷；卢俊义攻破了平遥、介休，引水淹了太原城，城中兵将没一个活口；右丞相卞祥被卢俊义活捉；卢俊义和关胜合兵一处，将沁源县围得像铁桶一样。田虎听了连忙收军，准备退回威胜城。

撤军的路上，田虎被宋江、吴用安排的伏兵几次冲杀，只剩下五千多残军败将。田虎正往前奔逃，忽见前面又有一支人马出现。田虎仰天长叹："天亡我也！"再一看旗号，却是中兴平南先锋郡马全羽到了。

全郡马请田虎先到襄垣城，等他和郡主琼英杀退宋兵，再去威胜城。田虎大喜，传令大军往襄垣城进发。田虎等刚到襄垣城下，背后宋军就追了上来。守城将士忙打开门，放下吊桥。

田虎的都督胡英引兵抢先入城,猛听到一阵锣响。城门两边伏兵齐出,把胡英和三千余人都赶入陷坑,全被戳死。田虎被张清、叶清捉住。田虎所率兵马,全军覆没。

宋江又命张清领兵,迅速到威胜接应琼英。原来琼英已奉吴用密计,同解珍、解宝等八人带领五千军马,打着北军旗号,星夜疾驰到威胜城下。

听到琼英叫门,田豹、田彪忙上城楼观看。只见赭(zhě)黄伞下,雕鞍白马上坐着田虎,马前一个女将,旗上写着"郡主琼英"四字,后面有尚书都督等官,远远跟随。

田豹等见是田虎,忙出城迎接。二人刚到田虎马前,突然军士一

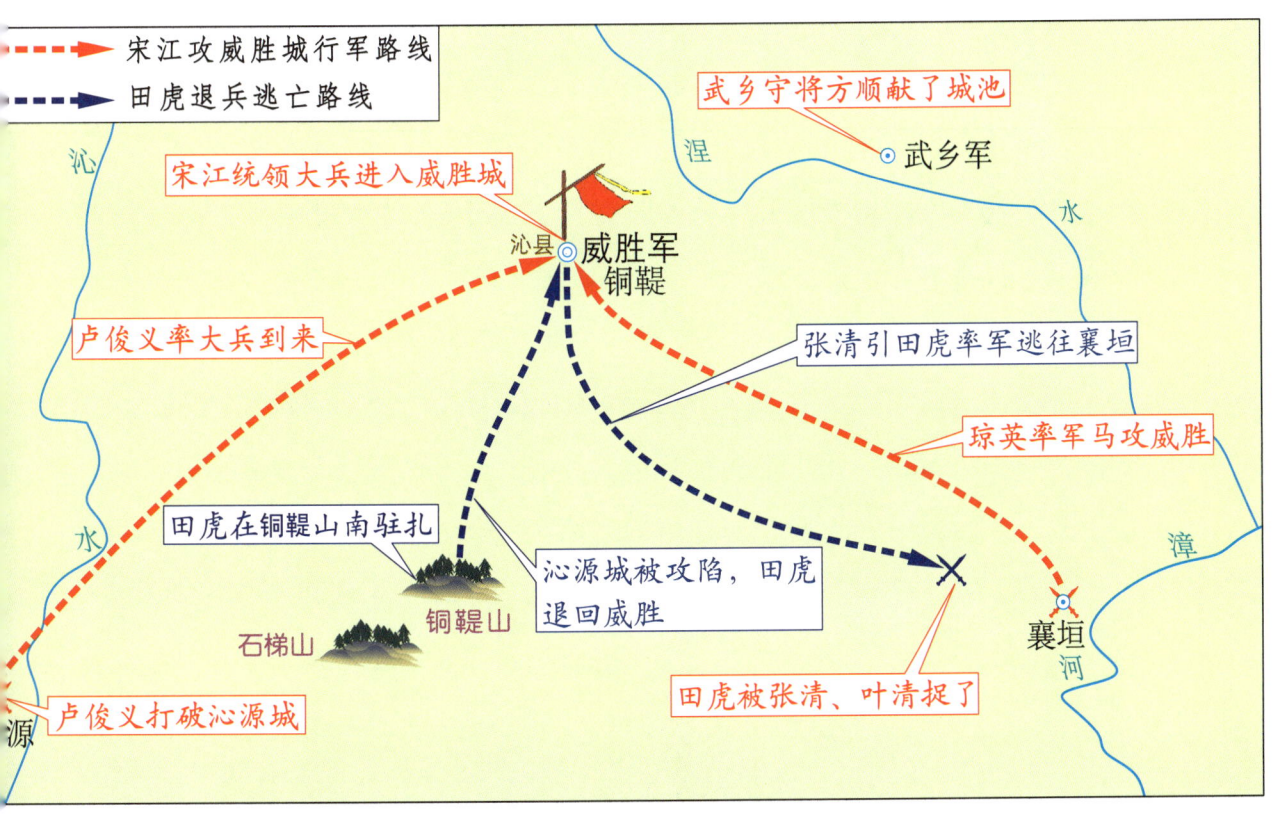

张清和琼英夫妇双双建功示意图

琼英率众人夺了城门，抵敌不住，幸亏张清及时率人马赶来解围。

拥而上，将二人擒住。原来这个田虎，是吴用找的一个和田虎相像的军士假扮的。后面的尚书都督，都是由解珍、解宝等人伪装的。

当下众人抽出兵器，夺了南门。解珍、解宝等人领军上城，杀散守城军士，竖起宋军旗号。城中那些文武官员及皇亲国戚，急忙领兵来杀。琼英率领四千余人抵敌不住。幸亏张清带领八千人到来，才解了围。

这时，卢俊义攻破沁源城，也率大兵到来。两边合兵一处，赶杀北军，田定自刎（wěn）身亡。

宋江统领大军进入威胜城。次日，宋江将田虎、田豹、田彪被装进囚车，只等大军班师，便一同解送东京。

随后，武乡守将方顺献了城池。关胜等人同索超、汤隆内外夹攻，杀了北将房学度，其余军士投降。宋江大喜，上表申奏朝廷。大宋皇帝下令大军班师回京，封官受爵。

第二天，大宋皇帝亲临朝廷培养军事人才的机构——武学。百官先到武学，蔡京于上坐谈兵，百官都洗耳恭听。唯独一人仰面看着屋角，不去理睬蔡京。蔡京大怒，命人去查这人是谁。

经典名句

莫道不分玉与石，为庆为殃（yāng）心自扪（mén）。
须臾（yú）树木连根起，顷刻榱（cuī）题贴水飞。

经典原文

田虎大喜，传下令旨，即望襄垣（yuán）进发。全郡马在后面，抵（dǐ）当①追赶的兵将。田虎等众，已到襄垣城下，背后喊杀连天，追赶将来。襄垣城上守城将士看见，连忙开城门，放吊桥。胡英引兵在前，军士听见后面赶来，一拥抢进城去，也顾不得甚么大王。胡英刚进得城门，猛听得一声梆（bāng）子响。两边伏兵齐发，将胡英及三千余人，都赶入陷坑中去，被军士把长枪乱搠（shuò），可怜三千余人，不留半个。城中大叫："田虎要活的！"田虎见城中变起②，方知是计，急勒马望北奔走。张清、叶清拍马赶来，只见田虎马前，忽起一阵阴风，田虎坐下马，忽然惊跃嘶（sī）鸣，田虎落马堕（duò）地，被张清、叶清赶上，跳下马来，同军士一拥上前擒（qín）住。

注释：①抵当：同"抵挡"。②变起：其变故。

课外试题

田虎是被谁活捉的？

答案： 田虎率兵追赶胡英，庙中了张清等人的埋伏，胡英所率三千多人陷入坑中，无一幸免，田虎也被张清、叶清活捉。

第一百零一回

浪荡子偷情奸臣媳

点 题

王庆的艳遇，决定了他以后的飞黄腾达。

蔡京在武学查到那蔑（miè）视他的官员叫罗戬（jiǎn），供职于武学谕（yù），正准备发作，突然听到皇帝驾到，慌忙率领百官接驾。

皇帝到武学之后，开始训话。等皇帝训完话，罗戬马上启奏说："王庆作乱五年，童贯、蔡攸（yōu）前往征讨，全军覆没。他们欺上瞒下，谎报军士水土不服，竟然罢兵，以致养虎成患。现在王庆已经占领八座军州，八十六个州县，蔡京不思救国，还在这里大言不惭（cán），上坐谈兵。"

皇帝听后大怒，斥责蔡京等隐瞒军情之罪。却被蔡京的花言巧语糊弄过去，没有加罪蔡京等。

第二天早朝，亳州太守侯蒙举荐宋江等去征讨王庆。皇帝随即降旨，封宋江等人官爵（jué），并进行褒（bāo）赏，然后命宋江不必班师回京，直接统领军马驰援禹（yǔ）州等处。

蔡京、童贯、杨戬（jiǎn）、高俅四个奸臣又保举侯蒙为行军参谋，罗戬同侯蒙到军前听用。原来，这四个奸臣故意将侯蒙、罗戬送到军中，只等宋江一有败绩，他们便将宋江等梁山众人与侯蒙、罗戬一并收拾！

侯蒙带了诏书及赏赐将士的物品，装满了三十五车，向威胜出发。宋江迎接侯蒙等人进城。侯蒙宣读了圣旨，分发了奖赏。宋江随后命张清、琼英、叶清押解田虎、田豹、田彪到京师，然后召集人马，准备征剿

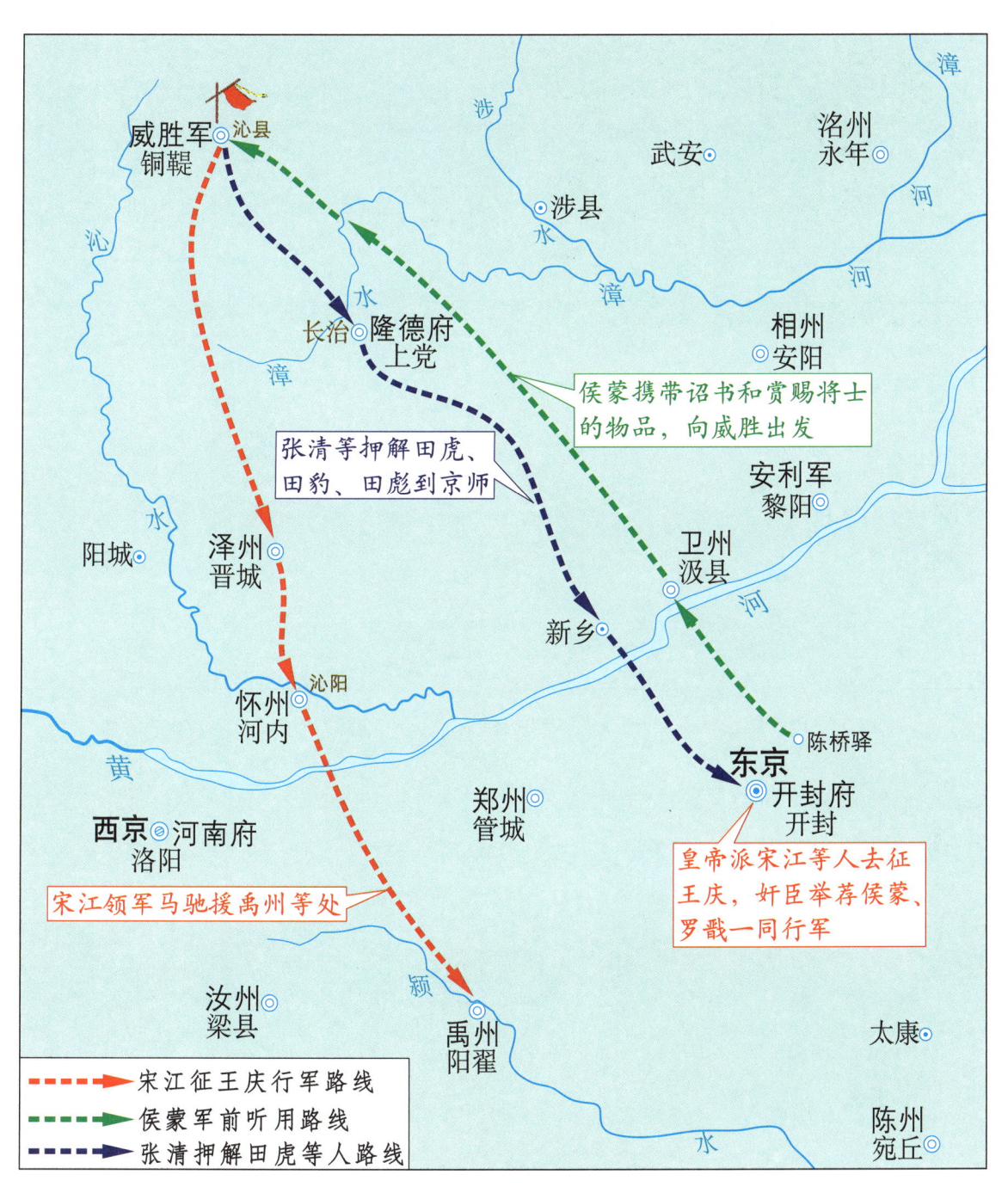

宋江率军驰援禹州等处示意图

（jiǎo）王庆。

那王庆原来是东京大富户王砉（huā）的儿子。妻子生王庆时，王砉梦见老虎跑进家里，蹲在堂屋西边。忽然一只狮子进来，将老虎叼走。王砉醒来后，他妻子就生了王庆。

宋江等人迎接侯蒙进城，分发了奖赏，便召集人马准备围剿王庆。

王庆从小是个浪荡子，不好读书，专好斗鸡走马、使枪抡棒。十六七岁时，长相俊俏，身雄力大，但吃喝嫖（piáo）赌，样样俱全。

王砉（huā）夫妇管教他，王庆恶性发作，有时还打骂父母。王砉无可奈何，只好由他胡作非为。过了六七年，王庆把家产败光了，单靠着一身本事，在开封府内做了一个副排军。

一次偶然的机会，童贯的养女娇秀去艮（gèn）岳游玩，遇见王庆，见王庆长得标致，就和王庆勾搭上了。娇秀本是童贯的弟弟童贳（shì）的女儿、杨戬的外孙。童贯把娇秀收为自己的女儿，许配给蔡攸（yōu）的儿子。娇秀就是蔡京的孙儿媳妇了。

这娇秀生得漂亮，在家中几次听媒婆说蔡攸的儿子生得憨（hān）呆，便日夜为自己叫屈怨恨。娇秀看上王庆后，便买通贴身侍婢，命她派人悄悄将王庆带入府中私会。

不知不觉，过了三个月，正是乐极生悲。一天，王庆醉酒，把他和娇秀的私情张扬了出去，传到童贯耳朵里。童贯大怒，准备去找王庆的麻烦。王庆醒了酒，再也不敢进童府了。

经典名句

癞虾蟆想吃天鹅肉。

天有不测风云，人有旦夕祸福。

上苑（yuàn）花开提柳眠，游人队里杂婵娟(chán juān)。

经典原文

他父亲王砉（huā），是东京大富户，专一打点衙(yá)门，缧 (léi)[1] 唆(suō)结讼（sòng），放刁把滥，排陷良善，因此人都让他些个。

他听信了一个风水先生，看中了一块阴地，当出大贵之子。这块地，就是王砉亲戚人家葬过的，王砉与风水先生设计陷害。王砉出尖，把那家告纸谎状，官司累年，家产荡尽。那家敌王砉不过，离了东京，远方居住。后来王庆造反，三族皆夷，独此家在远方，官府查出是王砉被害，独得保全。王砉夺了那块坟地，葬过父母，妻子怀孕弥(mí)月[2]。王砉梦虎入室，蹲踞(dūn jù)堂西，忽被狮兽突入，将虎衔(xián)去。王砉觉来，老婆便产王庆。那王庆从小浮浪，到十六七岁，生得身雄力大，不去读书，专好斗鸡走马，使枪抡棒。

注释：①缧：捆绑犯人的绳索，借指牢狱。②弥月：满月。

课外试题

王庆在哪里任何职？

答案

王庆在开封府做执刀班头。王庆案发后流亡，靠着一身本事，在开封府做执刀班头。

第一百零二回

吃官司龚端拜王庆

点 题

王庆虽是纨绔子弟，却也有一身武艺，在刺配路上还收了徒弟。

一天，王庆在自家天井乘凉，顺脚踢板凳时，却闪了腰岔（chà）了气，一连几天卧床不起。稍好些了，就去药铺买膏药贴，碰巧遇上一个算命先生，说他明日有灾。王庆没理会算命先生，拿了药回家让老婆熬了，喝下就睡。

第二天正吃早饭，家里来了两个公差，让王庆到衙门去一趟。等王庆老婆赶出来问时，王庆已被架出门去。

两个公差把王庆架进开封府衙大堂，王庆硬撑着给府尹磕了头。府尹问他这几天为什么不来点卯（mǎo），王庆把闪腰的事说了一遍。府尹说他狡辩，让人拖下去打，打得皮开肉绽，用枷锁钉了，押到牢里。

原来童贯私下让府尹想办法，要王庆的命，但蔡京父子觉得，如果真要了王庆的性命，丑闻就越发成真，于是让府尹速将王庆刺配远恶地方，再灭口。蔡京、蔡攸选了个吉日迎娶了娇秀，一来遮了童贯的羞，二来堵了众人的嘴。

王庆被打二十脊（jǐ）杖、刺字，由孙琳（lín）、贺吉两个公人押送发配陕州。

此时正值六月初，天气炎热，三人走了半月，过了嵩（sōng）山。

孙琳指着远山说："那就是北邙（máng）山，到了西京管辖（xiá）地带。"

三人来到北邙山东边的一个市镇。一群村农正围着一个汉子耍棒，三人也挤进去看。王庆看后禁不住笑了起来，说："都是些花棒。"那使棒的大汉听了不服，又看是一个犯人，还戴着刑具，就来打王庆。

人群中走出两个少年劝架，并问王庆："你是内行？"王庆说："稍懂些枪棒。"使棒的汉子不依不饶："该死的罪犯，你敢和我比试吗？"两少年对王庆说："你和他比试，如果赢了他，我送两贯钱给你。"

王庆天性爱斗气，就向贺吉借了棒，下到场子。众人让王庆取下枷锁，王庆说带着枷赢了，才显本事。两人比试，只两个回合，王庆便将那汉子打倒。两个少年就邀请王庆同两个公人，到庄上叙话。

进了庄院，大家坐下。互通姓名，王庆才知道这二人叫龚端、龚正，此处叫龚家村。酒肉上来，龚端说出了自己的想法。

原来龚氏兄弟因为和邻村一个叫黄达的人打架，被黄达痛打一顿。龚氏兄弟打不过黄达，只得忍气吞声。适才见王庆棒法精湛，兄弟二人想拜王庆为师，指点武艺。王庆谦让了一下，就答应了。

第二天天明，王庆正在打麦场上点拨龚氏兄弟拳脚棍棒，一个人走过来，骂道："哪里来的该死的犯人，竟敢到这里卖弄本事？"

经典名句

庄外新蝉噪柳，庄内乳燕啼梁。与天地合其德，与日月合其明，与四时合其序，与鬼神合其吉凶。

祸从浮浪起，辱因赌博招。

日吉辰良，天地开张。

家宅乱纵横，百怪生灾家未宁。

经典原文

王庆道："乱道这一句，惹了那汉子的怒，小人枪棒也略晓得些儿。"那边使棒的汉子怒骂道："贼配军，你敢与我比试罢？"那两个人对王庆道："你敢与那汉子使合棒，若赢了他，便将这掠下的两贯钱，都送与你。"王庆笑道："这也使得。"分开众人，向贺吉取了杆棒，脱下汗衫，拽扎起裙子，掣棒在手。众人都道："你项上带着个枷儿，却如何抢棒？"王庆道："只这节儿稀罕。带着行枷赢了他，才算手段。"众人齐声道："你若带枷赢了，这两贯钱一定与你。"便让开路，放王庆入去。那使棒的汉，也掣棒在手，使个旗鼓，喝道："来，来，来！"王庆道："列位恩官，休要笑话。"那边汉子明欺王庆有护身枷碍着，吐个门户，唤做蟒蛇吞象势。王庆也吐个势，唤做蜻蜓点水势。那汉喝①一声，便使棒盖②将入来。王庆望后一退，那汉赶入一步，提起棒，向王庆顶门，又复一棒打下来。王庆将身向左一闪，那汉的棒打个空，收棒不迭(dié)。王庆就那一闪里，向那汉右手一棒劈(pī)去，正打着右手腕，把这条棒打落下来。幸得棒下留情，不然把个手腕打断。

注释：①喝：大叫。②盖：遮盖，形容来势迅猛。③出尖：出头。

课外试题

龚氏兄弟被谁打了？

答案：龚氏兄弟被林冲的表弟王庆打了。因为王庆爱出尖，被龚氏兄弟打了一顿。

第一百零三回

护王庆范全帮易容

点 题

王庆在陕州杀了张管营,幸亏表兄范全帮忙易容,躲到房州城外定山堡。

王庆不认识这人,不敢说话。龚端一见是黄达,破口大骂:"贼王八!欺负上门了!"王庆这才知道,原来这人正是黄达。

黄达回骂龚端,抢上前劈头盖脸就打。王庆假意劝架,上前只一枷,把黄达打得四脚朝天。龚氏兄弟和两个庄客上前按住黄达,把他打个半死,拖到东村的草地里扔下。黄达的邻居看见了,把他扶回家卧床休息。

龚端各送给两个公差五两银子,求他们晚几天上路。孙琳、贺吉得了钱,就答应了。此后一连十多天,王庆把枪棒要点,全部传给龚氏兄弟。

公差催促起身,龚端送五十两白银给王庆,到陕州使用。不久,来到陕州,孙琳、贺吉投了开封府文牒(dié),陕州州尹收了王庆,写了回文,两个公差回去。州尹把王庆分配到本处牢城营。

龚正又用银两到管营张世开和差拨那里打点,所以王庆没有被打威棒,也没被分配重活,任他自由出入。

不觉过了两月,已到深秋。一天,张管营给钱让王庆帮买东西,王庆完成任务。从此,张管营天天派王庆买办用品,却不给现钱,而是给他一本账簿(bù),让他把每天买东西的账记在账簿上,王庆只好自己垫钱。

时间长了,龚端送的五十两银子已垫得一干二净,再买东西,自然完不成任务。张管营对王庆非打即骂,一个多月过去了,王庆被张管营或五棒,或十棒,或二十棒,或三十棒,前前后后,总共打了三百多棒,把两条腿都打烂了。

王庆也不明白张管营为什么这样对他。后来才打听到,在龚家村和他比试棍棒的汉子庞元,是张管营的小舅子。庞元在张管营面前说了王庆坏话,所以王庆被打。

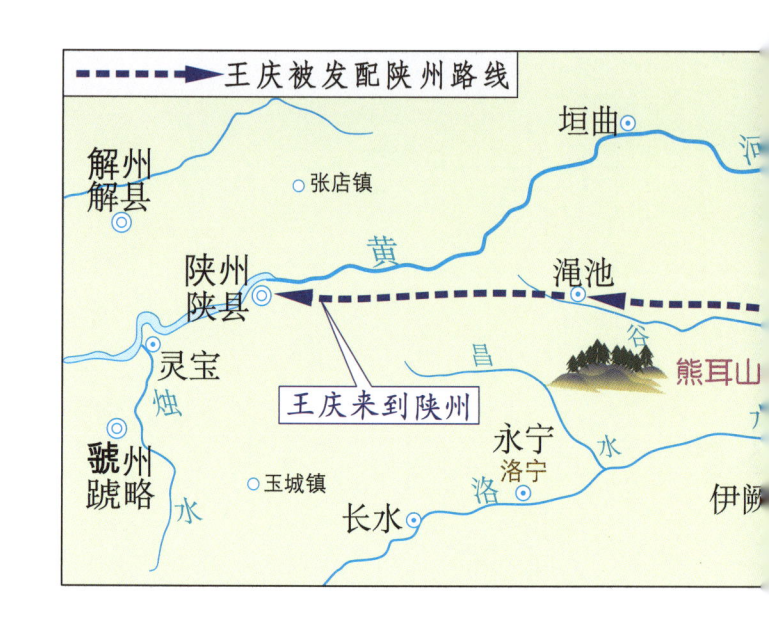

又一天,张管营叫王庆去买两匹缎子。王庆急忙买了回来。张管营却嫌颜色不好,把王庆大骂一通,限他晚上换好的来,如有怠(dài)慢,小心性命!

王庆只好用衣服换了两贯钱,添钱换了好缎子,抱回营来,已是上灯时候。只见营门紧闭,守门军士不让他进。

王庆把剩下的钱送给守门军

王庆杀了张官营和他的小舅子,连夜出城往南逃走,投奔范全。

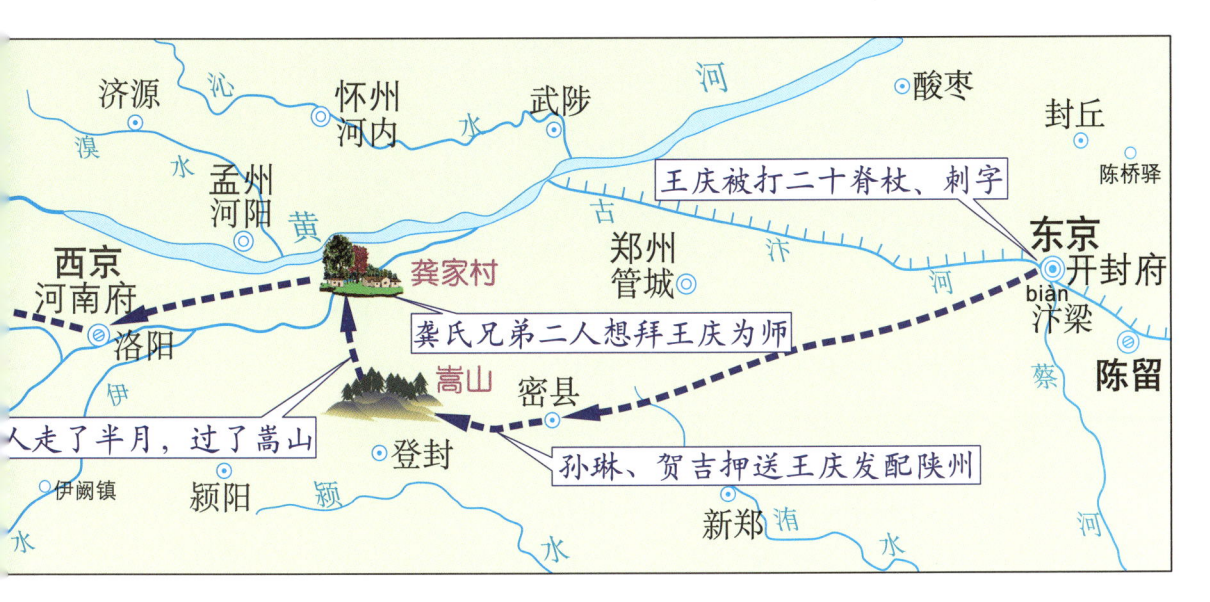

王庆被发配陕州并在途中收徒示意图

士,才进营门。王庆捧着缎子来到张管营门外,守门的人又说夜深,不肯传话。王庆想:他限我今晚回话,又这般阻拦我,不是在故意害我吗?明天我必定被他打死。

王庆从小思想偏激,连他的生身父母也不敢触犯他。今天受了这样的气,心里火起,到后半夜摸进后院,躲在墙边,只听见里面传出来张世开的声音,他正在和一个妇人以及另一个男子计划如何杀死自己,王庆听完不觉火冒三丈,便把张世开和他小舅子庞元都杀掉,连夜翻城往南逃走了。

陕州州尹出告示通缉(jī)王庆,王庆只好去投奔范全。范全把王庆带到房州城外定山堡东的庄地躲起来,并把姓名改做李德。范全又把以前从安道全那儿学的疗金印的方法,把王庆脸上的金印用药消去,经过两个多月,连疤(bā)痕都没有了。

049

> **经典名句**
>
> 不怕官，只怕管。
> 好胜夸强是祸胎，谦和守分自无灾。

经典原文

张医士一头与王庆帖(tiē)①膏药，一头口里说道："张管营的舅爷庞大郎，前日也在这里取膏(gāo)药，帖治右手腕。他说在邙(máng)东镇上跌(diē)坏的，咱看他手腕(wàn)象个打坏的。"王庆听了这句话，忙问道："小人在营中，如何从不曾见面？"张医士道："他是张管营小夫人的同胞兄弟，单讳(huì)个元字儿。那庞夫人是张管营最得意的。那庞大郎好的是赌钱，又要使枪棒耍子。亏了这个姐姐，常照顾他。"王庆听了这一段话，九分猜是"前日在柏(bǎi)树下被俺打的那厮(sī)，一定是庞元了，怪道②张世开寻罪过摆布俺"。王庆别了张医士，回到营中，密地与管营的一个亲随小厮，买酒买肉的请他，又把钱与他，慢慢的密问庞元详细。那小厮的说话，与前面张医士一般，更有两句备细的话，说道："那庞元前日在邙东镇上，被你打坏了，常在管营相公面前恨你。你的毒棒，只恐兀是不能免哩！"正是：好胜夸强是祸胎，谦和守分自无灾。只因一棒成仇隙，如今加利奉还来。

注释：①帖：同"贴"。②怪道：难怪。

课 外 试 题

张管营对王庆为什么先好后不好？

> 因为张管营听信了夫人说的王庆的坏话；张管营是庞夫人的小舅子，而庞夫人是张管营最得意的夫人，所以与庞元不合之后，王庆自然也就被张管营怠慢了。
>
> **答 案**

第一百零四回

段家庄王庆再成婚

点题

王庆乐极生悲，洞房之夜却被官府捉拿，只好上山当强盗。

转眼到了第二年仲春。一天，王庆听说定山堡段家庄搭台唱戏，就去看热闹。

戏还未开演，戏台四面摆了三四十张桌子，人们都在赌钱。王庆见一张桌子边坐着个彪形大汉，桌上堆着五贯钱，却无人来赌。王庆本是东京惯赌，一时手痒，就上前去玩，没想到把桌上的五贯钱全赢来了。

王庆要走，彪形大汉不让，两人打了起来，王庆身手敏捷，把大汉打翻在地。一个女子冲上来，王庆又把女子跌翻。那女子毫不羞怒，倒赞王庆好拳脚，旁边另一汉子冲了上来。

人群里一人高叫"住手！"横身隔在两人中间，王庆看时，是范全。范全给那女子赔不是，那女子问王庆是谁，范全说是自己表弟李大郎。那女子说看在范全面上，不计较了。范全扯了王庆回到庄地。

范全埋怨王庆不该惹那段氏兄妹，说那段二、段五和妹子段三娘，专骗良家子弟赌博。段三娘十五岁嫁了个老公，没到一年老公就死了，段三娘就和两个兄弟混迹江湖，赚那黑心钱。

第二天王庆刚起床，一个自称段太公的老头前来找李德，问他是哪里人，因何到此，娶妻没有？并问了生辰八字，告辞走了。

又隔了一会儿，另一个人来找范全。他和王庆一打照面，大家都觉得面熟，恰好范全到了。

三人坐下，范全问："李先生怎么到这儿了？"王庆才想起，这人就是算命先生，原来叫李助。李助也记起王庆是东京人，曾找他算过卦（guà）。

接着李助问范全，谁是李大郎？范全指着王庆说："就是他。"李助疑惑地看着王庆，王庆支吾："我本姓李，跟外公姓王。"李助才打消疑虑。

李助说他路过段家庄，被段氏兄弟留下做客，刚好段太公请他为段三娘和李大郎说媒，他就来了。

范全、王庆怕推辞会暴露身份，只好答应。段太公选了个吉日，宰羊杀猪，大办酒席。热闹了一天，晚上王庆和段三娘进入洞房。

刚要躺下，门外段二大叫"出事了"。王庆心中有鬼，和老婆赶紧穿衣出房，被段二一把扯住，来到前面草堂。

范全在草堂走来走去，如热锅上的蚂蚁。原来龚家村的黄达访到王庆的下落，昨晚到房州报了官。房州州尹张顾行派人来捉王庆和窝藏人犯的范全及段家，现在官兵马上就要来了！

李助说，现在要想避祸，只有上房山落草，房山寨主廖（liào）立和李助是熟人。

众人只好往房山去。路上遇着黄达和官兵来捉人，大家一拥上前，把黄达和都头杀死，士兵们逃走了。一行人来到房山，廖立下山盘问，李助上前说了经过。

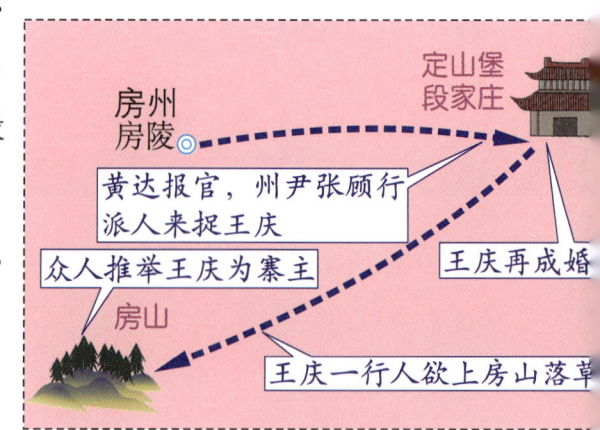

房州及周边区域扩大图

定山堡 段家庄
房州 房陵
黄达报官，州尹张顾行派人来捉王庆
众人推举王庆为寨主
王庆再成婚
房山
王庆一行人欲上房山落草

052

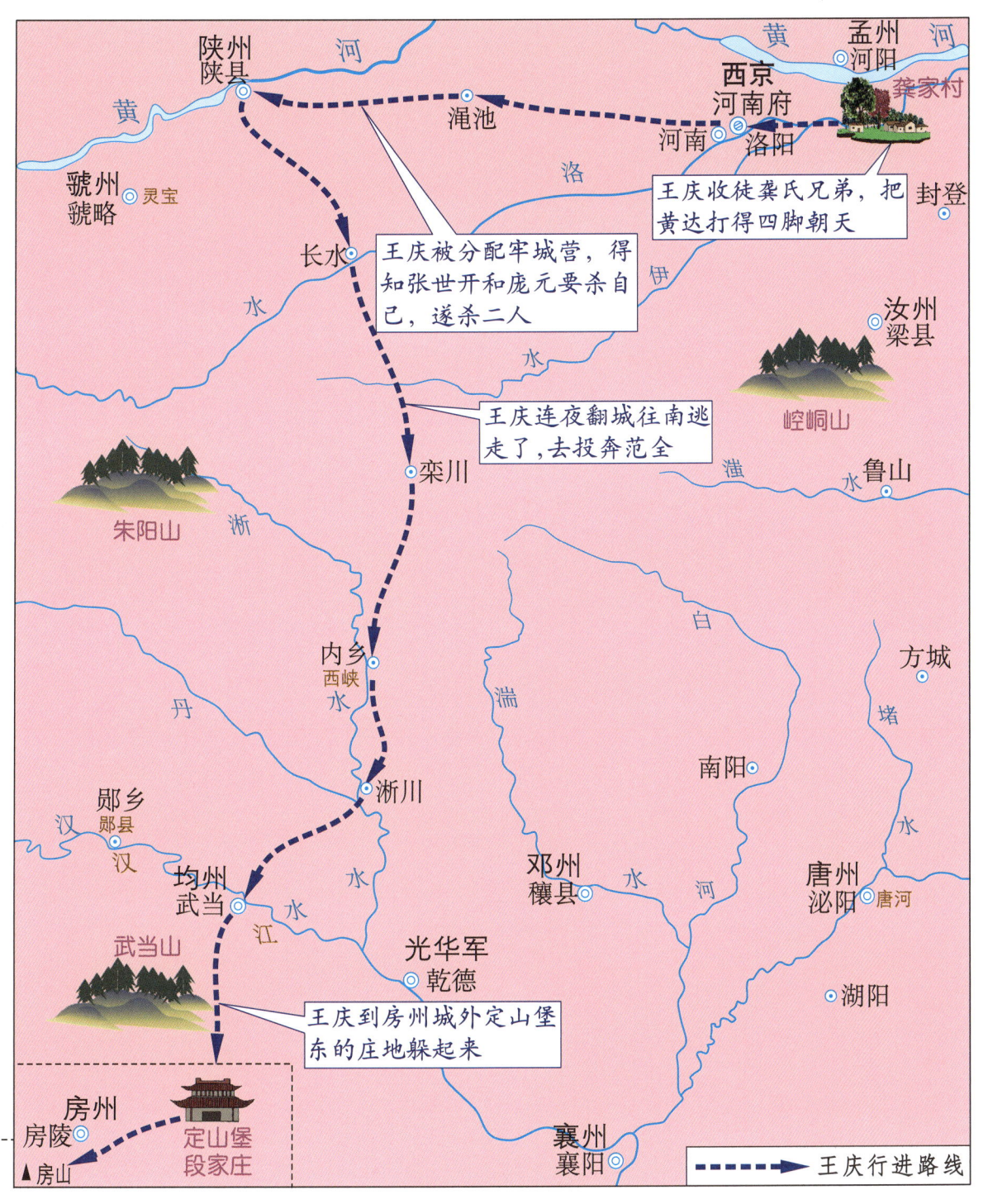

段家庄王庆再成婚示意图

廖立怕王庆入伙夺权，就没答应。王庆见廖立不肯收留，和段三娘挺刀直扑廖立。三个人斗了十多回合，廖立被杀死。众人推举王庆为寨主，占了房山，训练喽啰，准备迎敌官兵。

经典名句 针线不知如何拈，拽（zhuài）腿牵拳是长技。

经典原文 王庆方出房门，被段二一手扯（chě）住，来到前面草堂上，却是范全在那里叫苦叫屈，如热锅上蚂蚁，没走一头处，随后段太公、段五、段三娘都到。却是新安县龚（gōng）家村东的黄达，调治好了打伤的病，被他访知王庆踪迹实落处①，昨晚到房州报知州尹。州尹张顾行押（yā）了公文，便差都头，领着士兵，来捉凶人王庆，及窝（wō）藏人犯范全并段氏人众。范全因与本州当案②薛孔目交好，密地里先透了个消息。范全弃了老小，一溜烟走来这里，"顷（qīng）刻③便有官兵来也！众人个个都要吃官司哩！"众人跌脚捶胸，好似掀翻了抱鸡窠（kē），弄出许多慌来，却去骂王庆，羞三娘。

注释：①落处：落脚的地方。②当案：主管文案。③顷刻：马上。

课外试题

王庆为什么要上山当强盗？

答案：房州州尹派行差人来捉王庆，王庆被逼无奈，只得落草为寇。

第一百零五回

乔道清烧贼取宛州

人物	李云（地察星）
绰号	青眼虎（梁山排名第97位）
性格	正直刚烈、为人坦荡
兵器	朴刀

点题

刘敏准备火烧宋江粮草，被乔道清以其人之道还治其人之身，将自己的兵烧得焦头烂额。

　　房州州尹张顾行和兵马都监胡有为点兵征剿王庆，不料兵士因为两月没发饷（xiǎng）钱，哗（huá）变反叛，杀死胡有为，张顾行见势不妙，躲了起来。

　　王庆乘机来打房州。那些叛军献了房州，随了王庆。王庆占据房州，招兵买马，囤（tún）积粮草，远近一些游手好闲的人和恶徒无赖，纷纷加入，龚端兄弟也来入了伙。

　　两月之内，王庆聚集了两万多人，攻占了附近的上津、竹山、郧（yún）乡三个县城，后又陆续夺了南丰、荆南、宛州，围住鲁州、襄州。三四年时间，占据了八州八十六县，王庆就在南丰城中，称王设朝。

　　朝廷让宋江兵马去救鲁州、襄州。宋江兵马

李云，沂水县人氏，原是县衙都头，后入伙梁山，负责起造修缉（jī）房舍。

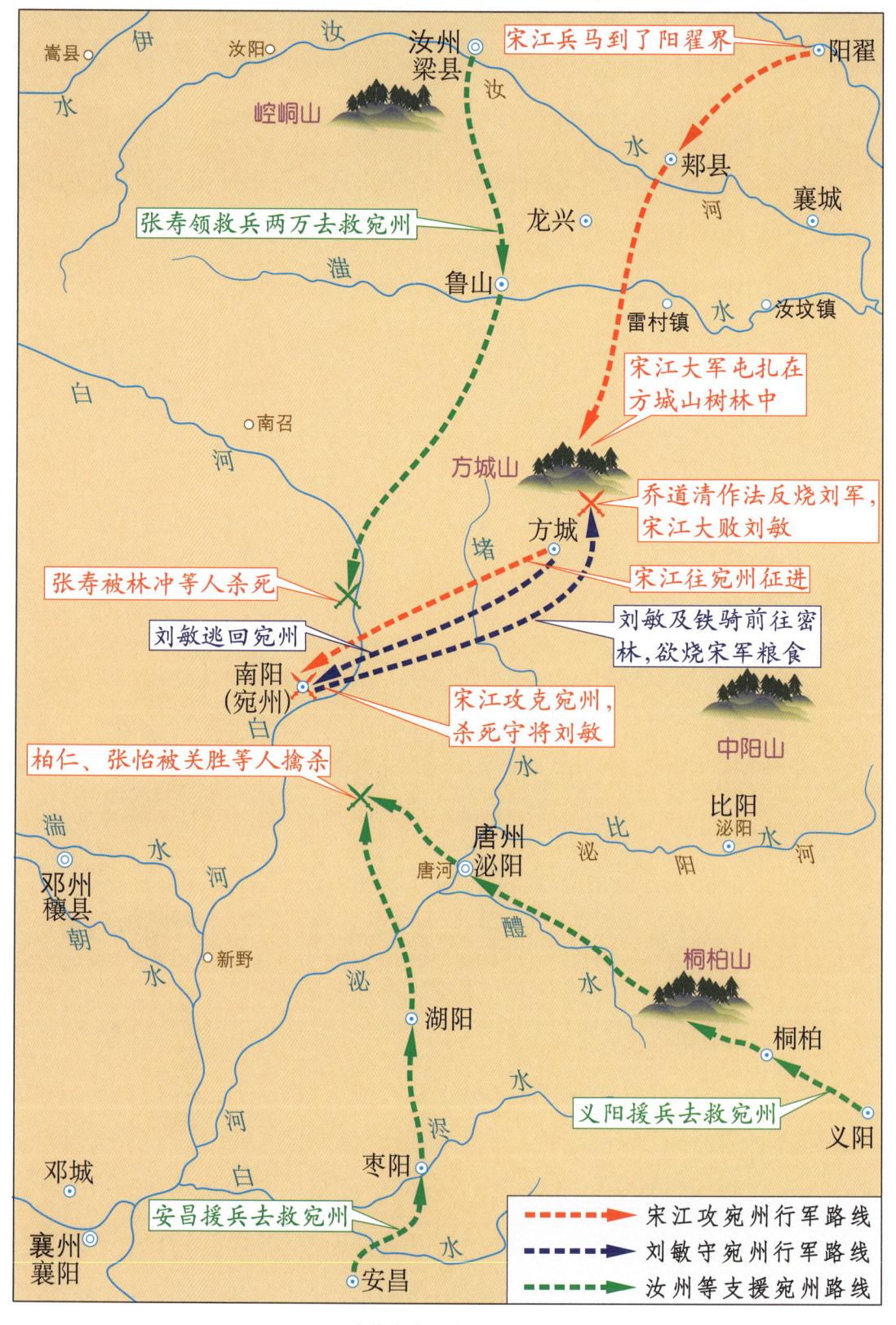

乔道清攻取宛州示意图

到了阳翟（dí）州界，大军屯扎在方城山树林中。吴用担心敌人用火攻，宋江说："正要他如此。"却叫军士去高冈凉荫（yīn）树下，用竹篷茅草盖了一个小小山棚。

乔道清猜出宋江用意，说剩下的事交给他，宋江就跟他说了计策，让他往山棚去了。

宋江又令张清、琼英领一万兵埋伏东山，孙安、卞祥领一万人马埋伏西山，等中军炮响，一齐杀出。他又将粮草堆在山南，由李应、柴进领五千军看守。

宛州守将刘敏，颇有谋略，人称刘智伯。他得知宋江兵马屯扎密林，就挑选五千军士，准备火箭、火炮、火炬和战车两千辆，装上芦苇干柴、硫黄焰硝，每车四人推着，刘敏引鲁成、郑捷、寇（kòu）猛、顾岑（cén）四员副将及铁骑一万，往密林来。

三更时分，南风大作，刘敏兵到方城山南，将车点燃，冲向囤粮的地方。忽然南风转成北风，原来是乔道清使了回风返火的法术，那些火箭、火炮、火炬似千万条金蛇火龙，反扑回来，刘敏的兵被烧得焦头烂额。

宋江又叫凌振放号炮。听到炮声，东西两边的张清、琼英，孙安、卞祥各领兵冲杀过来。鲁万被孙安一剑斩杀；郑捷被张清夫妇结果了性命；顾岑被卞祥捅死；寇猛被乱兵所杀。刘敏逃回宛州。

宋江令关胜等人领兵三万屯扎宛州东，林冲等人领兵三万屯扎宛州西；张清夫妇领孙安等十七员将，率军马五万为前部，往宛州征进，宋江亲自领其余将佐随后。李云、汤隆、陶宗旺监造攻城器具，供给张清备用。

张清兵马围住宛州。刘敏一面派人向王庆报急，一面写信给邻近州县求援。张清攻打城池，刘敏坚守不出，一连六七日，不能攻下。

汝州守将张寿，领救兵两万来救，被林冲等人杀了。安昌、义阳等救兵到来，主将柏仁、张怡被关胜等人擒杀。

李云等已造好攻城器具。孙安、马灵等令军士填土四面堆积，逼近城墙。军士一齐奋勇登城，攻克宛州，杀死守将刘敏，宋江大兵入城。

经典名句 万马奔驰天地怕，千军踊跃鬼神愁。

经典原文 同日，又有宛州之南，安昌、义阳等县救兵到来，被关胜等大败贼兵，擒其将柏（bǎi）仁、张怡，送到宋江大寨正刑讫（qì）①。二处斩获②甚多。此时李云等已造就攻城器具。孙安、马灵等同心协力，令军士囊（náng）③土，四面拥堆距，逼近城垣（yuán）。又选勇敢轻捷之士，用飞桥转送辘（lù）辒（wēn），越沟堑（qiàn），渡池濠（háo），军士一齐奋勇登城，遂克宛州，活擒（qín）守将刘敏。

注释：①正刑讫：执行死刑完毕。②斩获：本指战场上斩杀、俘获敌人的所得，现多指在比赛中获得奖章、奖牌等。③囊：用袋子装土。

课外试题

王庆从哪里开始发展壮大？

答案：房州。王庆为了躲避官军追捕，只得在房山寨落草为寇，后来他在房州聚集了一班势力，成为逐渐壮大的大魔头。

第一百零六回

设疑兵
宋江取山南

人物	吕方（地佐星）
绰号	小温侯（梁山排名第54位）
性格	不善言辞、认死理
兵器	方天画戟

点题

宋江以退为进迷惑段二，轻而易举取了山南城。

八月上旬，宋江决定取山南。于是，他留花荣、林冲、宣赞、郝（hǎo）思文、吕方、郭盛、萧让领兵五万守宛州，令李俊等人领水军走水路，到汉江集合。

董平等十二人领兵一万人先行，宋江领大队人马随后。前队董平等率兵马走到隆中山北五里外扎寨，遇上隆中四勇将贺吉、縻（mí）升、郭矸（gān）、陈赟（yūn），董平领兵阻拦。

两军对阵，宋营虽杀了陈赟、贺吉、郭矸、耿文、薛赞，却也损失了文仲容、崔野，縻升大败而逃。

第二天，宋江兵马到来，攻打山南军。縻升逃进山南州城，山南州守将是王庆的舅子段二，段二的参军左谋献计，约均、巩两州同时出兵袭宛州之南，让縻升率兵袭宛州之北，宋

吕方，原是对影山寨主，后入伙梁山，任职守护中军马军骁将。

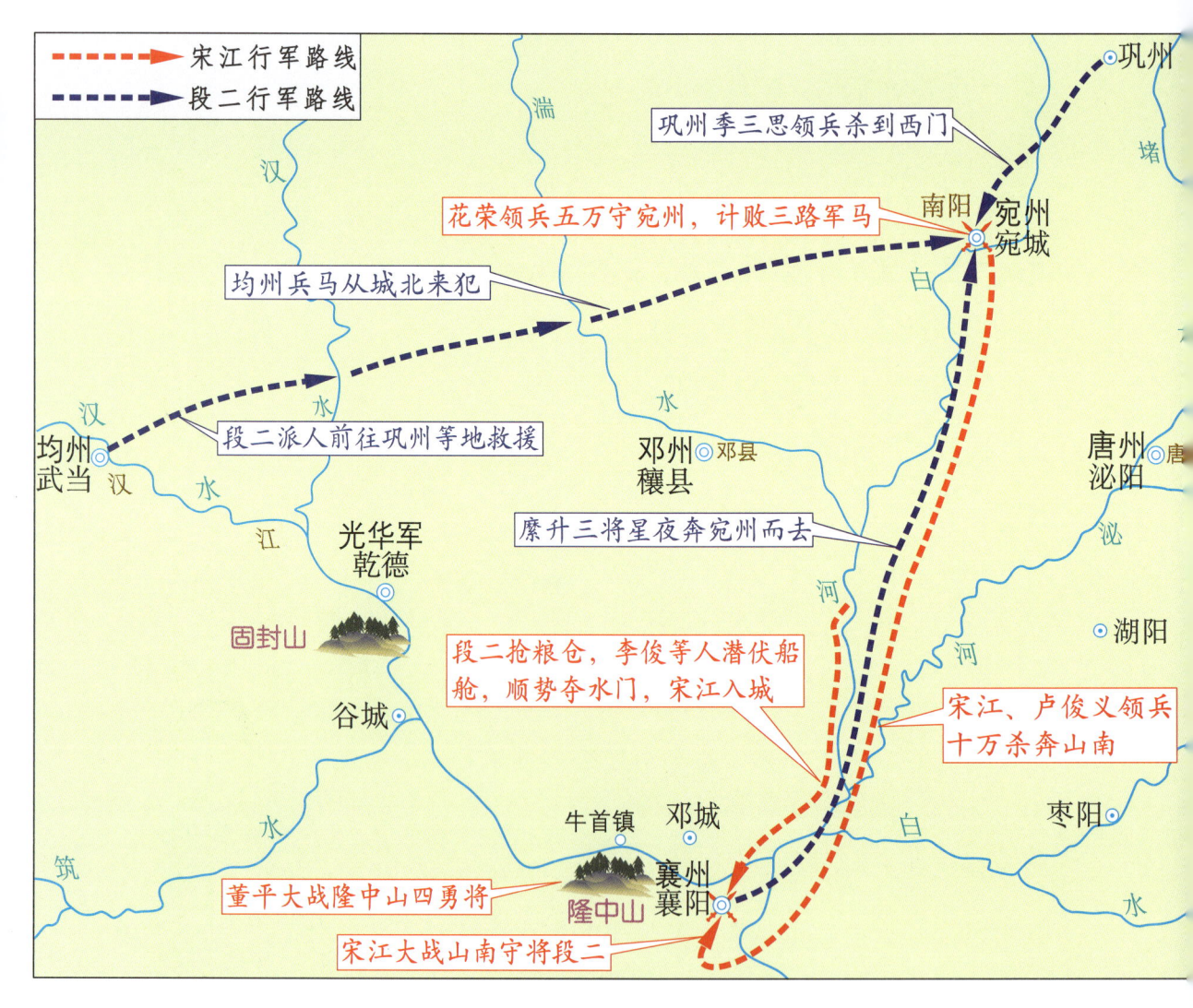

宋江设疑兵攻取山南示意图

江如退兵去救宛州，南州开门追击，可擒宋江。

段二就依左谋，派人往均、巩二州约兵，同时派縻升、阙矗（quē zhù）、翁飞三将领军马两万，星夜奔宛州而去。

李俊带水军已到襄水屯扎。宋江说了一个计策给李俊，又叫鲍旭等二十名头领，带步兵两千，趁夜同李俊悄悄离开。

縻升兵到宛州，花荣、林冲迎敌。又有均州兵马从城北来犯，吕方、郭盛领兵迎敌。巩州贼人季三思、倪慑（ní shè）领兵杀到西门，宛州兵力不足了。

萧让叫宣赞、郝思文领强壮军士五千埋伏西门城内，等贼兵退时出击，叫那些老弱军士放倒旗帜，在城内走动，听到炮响，就将旗帜举起，随后同陈安抚、侯蒙、罗戬（jiǎn）上城楼喝酒。

季三思、倪慑（shè）领兵杀到城下，见城楼上有四人在喝酒，城墙上旗幡影子也不见一个，害怕有埋伏，连忙退兵。却听一声炮响，喊声震天，无数旌旗出现在城墙上，城内宣赞、郝思文领兵杀了出来。

季三思、倪慑被乱军杀害，其余军士四散逃窜。花荣、林冲杀了阙翥、翁飞二将，只逃了縻升，吕方、郭盛也杀得贼兵星落云散。

縻升率兵出城的第二夜，段二在城楼上见宋军慢慢向北退去，以为宋江去救宛州，忙派钱傧（bīn）、钱仪二将领兵出城追击。又见城外襄水上，宋军的几百粮船也渐渐往北撑去，段二就让水军总管诸能驾五百只战船，从西城水门来抢粮船。

宋军水军忙将船靠岸，船上水手都跳上岸逃跑了。诸能夺了粮船，把船撑进城。

忽然，船底钻出十几个人来，正是李俊、二张、三阮、二童。李俊等八人拔去粮船上的梢子，躲在舱内的二十个步军头领和一千多步兵，各执短兵抢了出来。

诸能被童威杀死，李俊等夺了水门，凌振放轰天子母号炮，城中一时热闹起来，哭号震天。段二引兵前来接应，正撞着武松等人，段二被活捉。鲁智深、李逵等人抢了北门，开门让宋江兵马进来，正撞着钱傧（bīn）、钱仪兵马，混杀一场，钱傧、钱仪阵亡，两万军马，死伤大半。孙安、卞祥、马灵等率领兵马进入北门，众将杀退贼军，夺了城池。

经典名句

枪刀流水急，人马撮风行。

一面差精细军卒（zú），四面侦（zhēn）探消息。

旌（jīng）旗红展一天霞，刀剑白铺千里雪。

经典原文

李俊等夺了水门，当下鲍旭等那伙大虫护卫凌振施放轰天子母号炮，分头去放火杀人。城中一时鼎沸①起来，呼兄唤弟，觅（mì）子寻爷，号哭震天。段二闻变，急引兵来策应，正撞着武松、刘唐、杨雄、石秀、王定六这一伙。段二被王定六向腿上一朴刀朔（shuò）翻，活捉住了。鲁智深、李逵等十余个头领抢至北门，杀散守门将士，开城门，放吊桥。那时宋江兵马，听得城中轰天子母炮响，勒转兵马杀来，正撞着钱侯（bīn）、钱仪兵马，混杀一场。钱侯被卞（biàn）祥杀死；钱仪被马灵打翻，被人马踏为肉泥。三万铁骑（qí），杀死大半。孙安、卞祥、马灵等领兵在前，长驱直入，进了北门。

注释：①鼎沸：比喻形势纷扰动乱。

课外试题

宋江用什么方法取了山南？

答案：宋江先带兵埋伏在十字坡北边芦苇荡内，然后让水军头领几只船摇橹向北摇去，接二连人了城门，在城中放起火时，埋伏中的兵将全上了岸，杀散守城军，夺了水门，宋江兵马趁势取了山南城。

062

第一百零七回

抄后路
宋军袭纪山

人物	绰号	性格	兵器
焦挺（地恶星）	没面目（梁山排名第98位）	重情重义	链锤

点题

宋江用兵善于前后夹击，派鲁智深等十五人从山后夹攻，取了纪山。

夺了山南，宋江再准备攻打荆南，忽然朝廷来了命令，让宋江先荡平西京贼寇，然后攻剿王庆巢穴。

宋江兵分两路：卢俊义带二十四员将佐和五万军马，收复西京。史进、穆弘、欧鹏、邓飞领兵马两万镇守山南，自己领兵马八万，攻打荆南。

荆南门户纪山，由李助的侄儿李愃（xuàn）镇守。李愃派人星夜禀报王庆、李助。王庆令都督杜壆（xué）和大将谢宇，分别带领十二员将佐及两万兵马，去救西京、荆南。

不久，宋江大军到纪山，宋江让秦明、董平、呼延灼、徐宁、张清、琼英、金鼎、黄钺领兵对阵；焦挺、郁保四、段景住、石勇率步兵两千，去砍林伐木，广开道路。

焦挺，中山府人氏，相扑世家出身，因结识李逵而入伙梁山，担任步军将校。

李𥔀率偏将马犟（jiàng）、马劲、袁朗、滕（téng）戣（kuí）、滕戡（kān），带兵马两万冲杀下山。袁朗当先出阵，宋阵中金鼎、黄钺两骑齐出。三骑马丁字摆开厮杀，斗过三十回合，金鼎被袁朗一钢挝（zhuā）打死，黄钺马到，枪刺袁朗前心，袁朗身子一闪，黄钺的枪刺空，袁朗将黄钺活捉过去。

秦明跃马舞棍，直取袁朗。战到五十余合，琼英助战，被贼将滕戣接住厮杀。两人斗到十回合以上，琼英一石子把滕戣打下马，又一画戟刺死滕戣。滕戡见琼英杀了哥哥，舞一条虎眼竹节钢鞭来打琼英，呼延灼纵马舞鞭，接住厮杀。李𥔀见损失了滕戣，连忙鸣金收兵。

秦明等收兵回寨，说阵亡了金鼎、黄钺，宋江问吴用怎么办？吴用说出一条计策。宋江叫来鲁智深、武松、凌振等十五个头领，带步兵五千，趁今夜天黑，抄小路到山后行事。

第二天一早，李𥔀又来挑战，宋江任命秦明、董平、呼延灼、徐宁、张清、琼英领兵两万，前去迎敌；让黄信、孙立、王英、扈三娘为一队；李应、柴进、韩滔、彭玘（qǐ）为一队，听炮一响，从东西两路出击；关胜等七人领马步兵两万，在寨后阻挡敌人的救兵。

双方列阵完毕，李𥔀领袁朗、滕戡、马犟、马劲四将，外加五千铁骑冲阵。那五千铁骑都顶盔披铠，只露双眼，马都重甲面具，只露四蹄。

宋江抵挡不住，望后急退，并叫放号炮。

听到炮响，鲁智深等十五个头领，爬山越岭，从山后杀上纪山。纪山寨里只有五千老弱兵士、一个偏将，被鲁智深等杀个干净，夺了山寨。

李𥔀急退兵时，又被黄信、李应两队人马，从两路抄杀；鲁智深、李逵等人引兵从山上冲下来，杀得贼兵东奔西窜，袁朗被火炮打死，李𥔀被鲁智深打死，马劲、滕戡被乱兵杀害，只跑了马犟一个。

宋江攻克纪山，大兵南下，攻打荆南城。

经典名句

金盔日耀喷霞光，银铠霜铺吞月影。
冲阵马亡青嶂（zhàng）下，戏波船陷绿蒲（pú）中。

经典原文

这是李襄昨日见女将飞石，打伤了一将，令日如此结束，虽有矢石，那里甲护住了。那五千军马，两个弓手，夹辅（fǔ）一个长枪手，冲突下来，后面军士，分两路夹攻拢来。宋江抵当不住，望后急退。宋江忙教把号炮施放。早被他射伤了推车的数百军士，幸有战车当住，因此铁骑不能上前。车后虽有骑兵，不能上前用武。正在危急，只听得山后连珠炮响，被鲁智深等这伙将士，爬山越岭，杀上山来。山寨里贼兵，只有五千老弱，一个偏将，被鲁智深等杀个罄（qìng）尽①，夺了山寨。李瑄（xuán）等见山后变起，急退兵时，又被黄信等四将、李应等四将，两路抄杀到来。宋江又教铳（chòng）炮手打击铁骑，贼（zéi）兵大溃。鲁智深、李逵等十四个头领，引着步兵，于山上冲击下来，杀得贼兵雨零星散，乱窜（cuàn）逃生。可惜袁朗好个猛将，被火炮打死。李瑄在后，被鲁智深打死。马劲、滕戡（kān）被乱兵所杀，只走了马犟（jiàng）一个。

注释：①罄尽：干净无遗。

课外试题

袁朗的武器是什么？

水磨炼钢挝。

第一百零八回

萧嘉穗协取荆南城

点题

方腊的倒行逆施激起荆南百姓的愤怒，卢俊义、萧嘉穗里应外合取了荆南城。

卢俊义领兵取西京，在西京城南的伊阙（què）山关卡，和敌方守将龚端、奚胜斗阵，奚胜不敌，被卢俊义打败，望北逃去。后又听到王庆派伪都督杜㲼（xué）领兵两万前来支援，于是率兵前往迎战，两军相对，摇旗呐喊。敌将卫鹤一马当先，宋军山士奇拍马引战，两人大战数十回合，山士奇一枪戳死卫鹤，敌将酆（fēng）泰大怒，提枪助战，将山士奇打下马，一枪毙命。但不曾想卞（biàn）祥更是勇猛，一枪刺中酆泰心窝，使其死于马下。敌军主将杜㲼但损失两将，拍马亲自出战，卢俊义见状，亲自迎敌，双方大战数十回合，不分胜负。苏安见卢俊义不能取胜，拍马助战，敌军卓茂纵马来迎，孙安神威，一剑斩断卓茂右臂，卢俊义神补一枪，取其性命。卢俊义见状率大军掩杀过去，敌军大败。卢俊义在追击的过程中遇到一个相貌丑陋的道人，他使妖术，放火来烧宋军，顷刻间宋军焦头烂额、死伤无数。后乔道清出战，破了贼人的妖术，并且将其生擒。原来那道人名唤寇威，因相貌丑陋，被人称作毒焰鬼王，因宋军势大，王庆特派遣他来此处援助。龚端、奚胜见寇威败了，不敢出战，只得坚守城池。

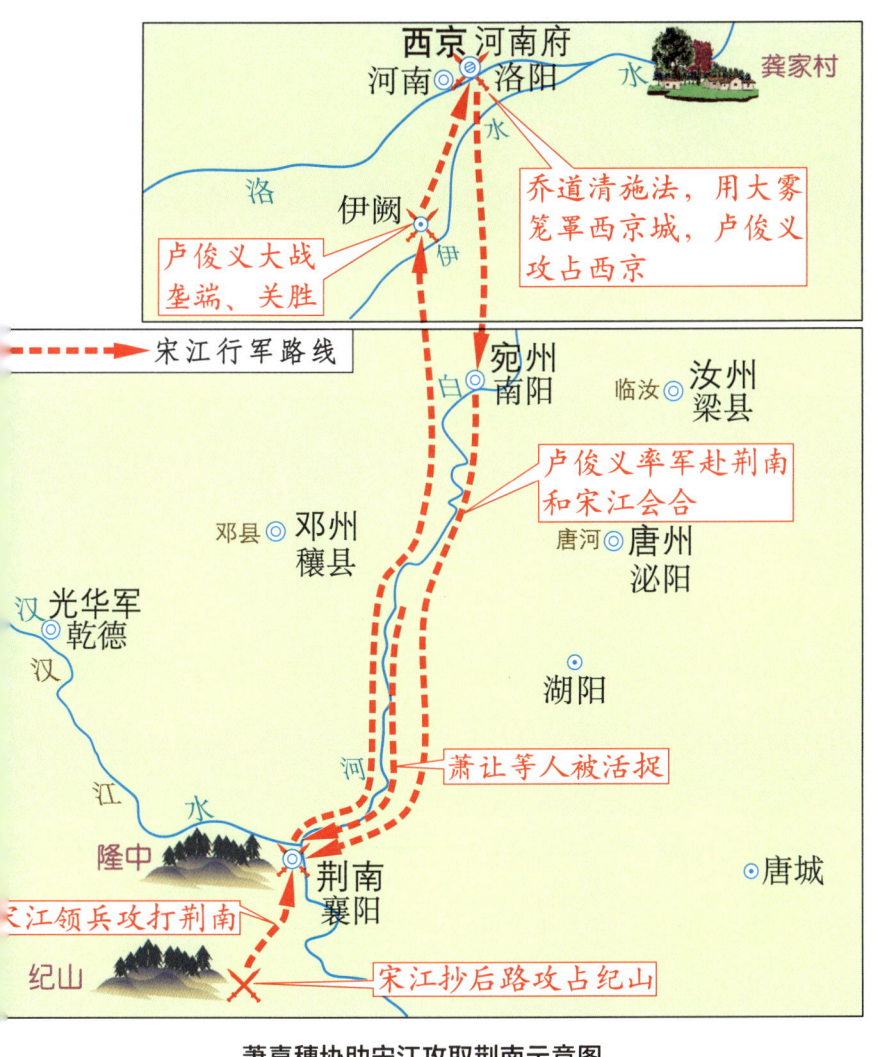

萧嘉穗协助宋江攻取荆南示意图

地图标注：
- 西京 河南府 洛阳
- 河南
- 龚家村
- 洛水
- 伊阙
- 乔道清施法，用大雾笼罩西京城，卢俊义攻占西京
- 卢俊义大战龚端、奚胜
- 宋江行军路线
- 宛州 南阳
- 汝州 梁县 临汝
- 白河
- 邓县 邓州 穰县
- 唐河 唐州 泌阳
- 卢俊义率军赴荆南和宋江会合
- 汉 光华军 乾德
- 汉江
- 湖阳
- 唐城
- 隆中
- 萧让等人被活捉
- 荆南 襄阳
- 宋江领兵攻打荆南
- 纪山
- 宋江抄后路攻占纪山

夜晚，乔道清仗剑作法，用大雾笼罩西京城，宋兵趁黑夺了四门，龚端、奚胜被乱兵杀死。卢俊义占了西京，派马灵给宋江报捷。

马灵回来说，宋江打荆南时劳累过度以致染病，军务由军师吴用掌管。卢俊义连忙将西京交给乔道清、马灵镇守，自领大兵去荆南和宋江会合。

宋、卢正在说军务，有军士来报告，说縻（mí）升、马勥（jiàng）趁宋江患病，准备前来劫寨。但听说卢俊义在寨里，他们在撤回去的路上，遇见唐斌护送萧让等人去宛州，便杀死唐斌，活捉萧让、裴宣、金大坚。

卢俊义问这是怎么回事，宋江说，萧让来探病，顺便约金大坚、裴

067

宣到宛州写勒碑石、查勘文卷，宋江就派唐斌领一千人马护送他们三人，不料被捉。

卢俊义和吴用决定急速攻城，并让人对城中喊话："迅速将萧让、金大坚、裴宣送出来！不然打破城池，鸡犬不留！"

荆南城守将梁永，想劝萧让、裴宣、金大坚投降，三人破口大骂，誓不投降。梁永大怒，于是叫军士把三人打跪下，三人骂不绝口，扑倒在地也不肯跪。梁永叫军士把三人绑在辕（yuán）门外，只打两腿，等打折了腿，自然跪下来，军士照办。

老百姓都来看热闹，惹恼了人群中一个叫萧嘉穗（suì）的人。

萧嘉穗为人豪爽，武艺精熟，很多有志向的人，不论贵贱，都喜欢和他交往。当年王庆侵夺荆南城，萧嘉穗献守城计策给当时的荆南城守将，守将不用，导致城陷。萧嘉穗只好再等机会，让荆南重归大宋，现在见贼人把萧让等三人押在辕门外打腿示众，机会正好。

瞅着一将官带着五六个人来巡查，萧嘉穗抽出身藏的宝刀，抢上前一刀砍断马脚，将官撞下马来，萧嘉穗一刀剁头，大叫："大家如果要保命，就跟我去杀贼！"军士们平时就敬佩萧嘉穗的为人，一下子聚拢了五六百人。

萧嘉穗带人闯帅府，沿途百姓纷纷加入，竟达万人。人们把梁永一家老小全都杀掉，放了萧让、裴宣、金大坚，选了三个有膂（lǔ）力的人背着，赶到北门，杀死守门将马犟（jiàng），开城门放吊桥，让宋军入城，但是縻（mí）升出了西门，杀出重围跑了。

吴用将这件事告诉宋江，宋江闻报，忙率兵进城，升坐帅府，安抚军民，慰劳将士。随后请萧嘉穗到帅府，设酒拜谢，酒散结束后，萧嘉穗回府，不辞而别。后陈安抚到来，犒（kào）赏三军，宋江便将州务交由陈安抚处理。

经典名句

旌（jīng）旗红展一天霞，刀剑白铺千里雪。

玉露雕伤枫树林，深岩邃（suì）谷气萧（xiāo）森。

千枝火箭掣（chè）金蛇，万个轰雷震火焰。

经典原文

萧嘉穗（suì）抢上前，大吼一声，一刀砍断马足，宣令官撞下马去，一刀剁下头来。萧嘉穗左手抓了人头，右手提刀，大呼道："要保全性命的，都跟萧嘉穗去杀贼！"帅府前军士，平素认得萧嘉穗，又晓得他是铁汉，霎（shà）时有五六百人，拥着他结①做一块。萧嘉穗见军士聚拢（lǒng）来，复连声大呼道："百姓有胆量的，都来相助！"声音响震数百步。那时四面响应，百姓都抢棍棒，拔杉刺（shān cì），折桌脚。拈（niān）指间已有五六千人。迭（dié）声②呐喊，萧嘉穗当先，领众抢入帅府。那梁永平日暴虐（bào nüè）军民，鞭挞（biān tà）士卒，护卫军将都恨入骨髓（suǐ）。一闻变起，都来相助，赶入去，把梁永等一家老小都杀了。

注释：①结：凝聚。②迭声：一声接一声。

课外试题

荆南守将梁永要杀哪三位梁山好汉，这三位梁山好汉被萧嘉穗救出来了吗？

答案：萧嘉穗救出了燕青、乐和、萧让。

第一百零九回

捉王庆
宋江收失地

人物	王定六（地劣星）
绰号	活闪婆（梁山排名第104位）
性格	偏执、重情义
兵器	朴刀

点题

李俊活捉逃亡的王庆，立首功。

宋江等拜别陈安抚，统领大军，水陆并进，战骑同行，来剿南丰贼人巢穴。行至南丰地界，哨兵来报，说王庆任命李助为统军大元帅，率领数十员猛将和十一万雄兵，前来拒敌。王庆亲自督战，宋江连忙和吴用商量对战策略，吴用建议到可以多派几路军队前去厮杀，让他应接不暇，宋江依计施行。

李应、柴进领兵五千，护送粮草车队，来到龙门山的一个村庄，当晚风雨大作，李应、柴进害怕雨打湿了粮草，便将车辆推送屋里。当晚薛永巡逻期间抓住一个奸细，细问之下，得知敌军縻胜今晚将率领精兵一万来劫烧粮草。柴进闻言便将计就计，埋伏起来，准备杀敌军一个措手不及。

当晚，縻胜果然率兵前来劫烧粮草。面对来势汹汹的敌军，宋军决定火攻，下令点燃事先准备好的火把、火箭，向敌军扔去，只见，炮声震响，火势蔓

王定六，建康府人氏，本在扬子江边开酒店，后结识张顺，入伙梁山，担任北山酒店掌店头领。

（màn）延，縻胜被火炮击死，贼兵击死大半。第二天，柴进和李应等合兵一处，将粮草押到大寨，拜见宋江。

王庆亲掌中军，带领手下将佐数十余名，李助为元帅，向前涌进，走了不到十里，对面出现宋军的三十多骑侦（zhēn）探兵，为头的战将是张清夫妇。

李助的先锋刘以敬、上官义出马驱逐骑兵。张清夫妇迎战二将。四人斗了十多回合，张清夫妇拨马便回。刘以敬、上官义挥兵追赶，手下人提醒不要追赶，小心飞石，刘以敬、上官义才勒住马。

李助大军在龙门山背后一个旷野之地，列成阵势。不一会儿，宋军人马也从山后涌出，列成九宫八卦阵。

李助让前部先锋柳元、潘忠冲阵，宋营里林冲力敌二将，一矛将柳元戳于马下。林冲的副将黄信、孙立飞马出阵，黄信一剑砍死潘忠。

李助见损失二将，忙令退军。只听宋营一声炮响，阵势变幻、旗帜招展，把王庆人马如铁桶一般包围起来，王庆调兵遣将，分头冲击，不能冲出。

混战中，杨雄砍翻段五，石秀戳死丘翔，卢俊义一枪戳死方翰（hàn），直接来捉王庆，遇上李助，李助的剑快如闪电，卢俊义抵挡不住，公孙胜到，口中念念有词，把剑一指，李助的剑便落在地上，卢俊义把李助活捉过来。

十余万贼兵，杀死大半，尸横遍野，血流成河。刘以敬、上官义被焦挺杀死；李雄被琼英戳死；毕先被王定六结果了性命。所有伪官员都没逃脱，只不见了王庆。

宋江继续让张清夫妇打前站，兵马往南丰城而来，又让戴宗去打听孙安袭取南丰的消息。戴宗作起神行法，超过张清夫妇，一会儿报告说："孙安假扮敌兵去取城，被敌人察觉，堵在东门。回来的路上，我已告诉

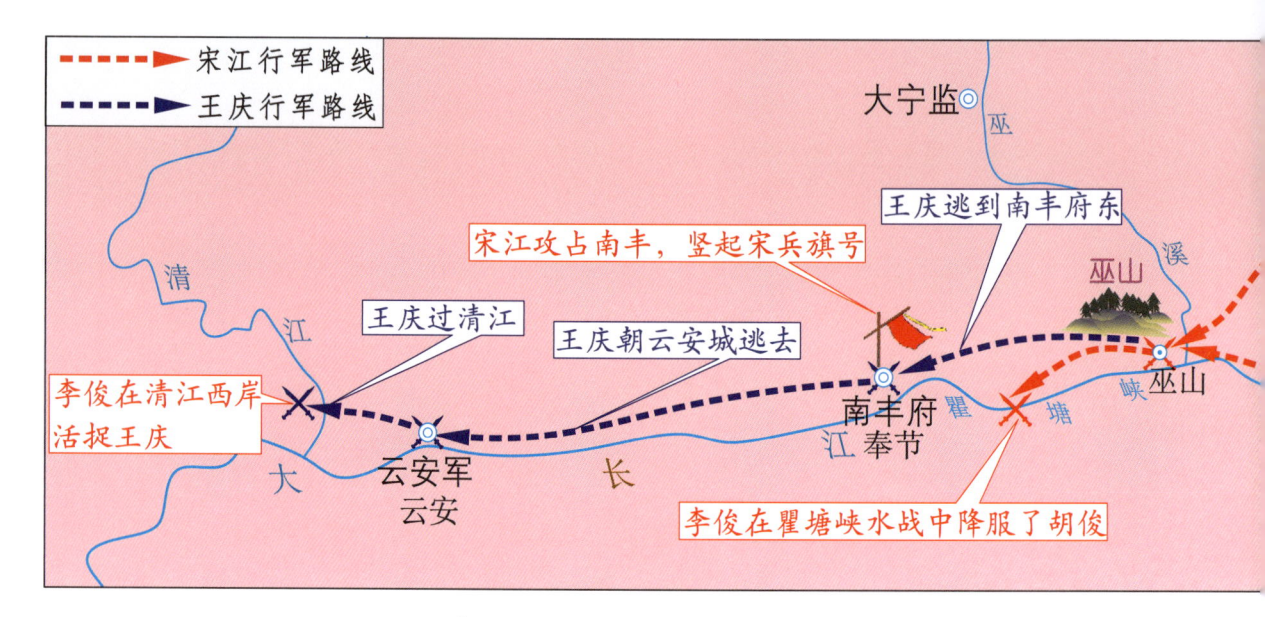

宋江捉王庆收失地示意图

张清夫妇,他们俩已赶过去了。"

宋江赶紧催动大军随后跟上。张清、琼英、孙安已夺了东门,宋兵从东门进城,夺了四门,竖起宋兵旗号。宋军在南丰城里搜寻王庆,只捉到了段三娘,王庆不在南丰。

不一会儿,云安城李俊传来消息,捉了王庆。

原来王庆逃出九宫八卦阵,刚逃到南丰城东,见城里有兵厮(sī)杀,又朝云安城逃去,等到云安城下,又是宋军旗号,只好脱了皇袍,从小路往东川而去。去东川必须经过清江,当王庆一行三十多人坐船到达河心时,一齐被船家捉住,那船家正是李俊和童威他们。

宋江人马到达云安城。李俊押王庆等人见过宋江,又把在瞿(qú)塘峡水战中杀死主帅水军都督闻世崇(chóng),降服的敌水军副都督胡俊的经过告诉宋江,然后将胡俊引见给宋江。胡俊为立新功,将亲弟弟、东川守将胡显劝降,剩下安德孤城,也不战自降。至此,王庆占据的八郡八十六州县,都收复了。

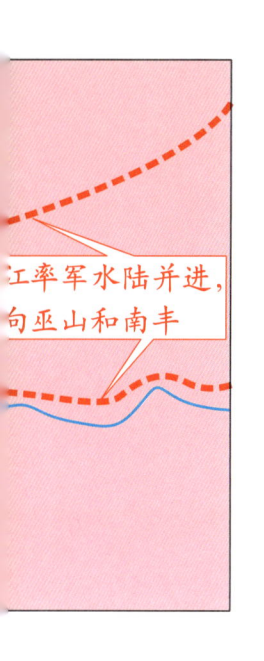

经典名句 一矢不加城克复，三军镇静贼投降。

经典原文

原来这撑船的是混江龙李俊，那摇橹（lǔ）的便是出洞蛟（jiāo）童威，那些渔人，多是水军。李俊奉宋先锋将令，统驾水军船只，来敌①贼人水军。李俊等与贼人水军大战于瞿（qú）塘峡，杀其主帅水军都督闻世崇，擒其副将胡俊，贼兵大败。李俊见胡俊状貌不凡，遂（suì）②义释胡俊。胡俊感恩，同李俊赚开云安水门，夺了城池，杀死伪（wěi）留守施俊等。混江龙李俊料着贼与大兵厮（sī）杀，若败溃（kuì）下来，必要奔投巢穴（cháo xué）。因此，教张横、张顺镇守城池，自己与童威、童猛带领水军，扮做渔船，在此巡（xún）探。又教阮氏三雄，也扮做渔家，分投去滟滪（yàn yù）堆、岷（mín）江、鱼复浦（pǔ）各路埋伏哨（shào）探。适才李俊望见王庆一骑当先，后面又许多人簇（cù）拥着，料是贼中头目，却不知正是元凶。当下李俊审问从人，知是王庆，拍手大笑。

注释：①敌：抵挡。②遂：于是。

课外试题

王庆被谁捉住了？

答案：李俊。

第一百一十回

庆元旦
宋江触心痛

人物	朱武（地魁星）
绰号	神机军师（梁山排名第37位）
性格	重情义
兵器	双刀

点题

宋江的伤感预示着梁山英雄从征方腊开始，走上损兵折将之路。

宋江设宴庆贺胜利，忽然听说孙安突发急症，死于营中。乔道清和孙安是老乡，说想送孙安遗骨归乡，马灵也要随乔道清同往，宋江挽留不住，只好同意。

宋江领大军回到东京，朝见天子。天子让省院等官员商量封宋江等人什么官爵。

蔡京、童贯暗中使坏，说眼下还不太平，不能升太高官职，暂封宋江为保义郎，正受皇城使；卢俊义为宣武郎，行营团练使；吴用等三十四人为正将军；朱武等七十二人为偏将军。天子同意，宋江等人谢恩出朝。

回到军营，公孙胜跟宋江辞别，说师父罗真人有言在先，等宋江功成名就，自己就回山中，学道养母。宋江见公孙胜旧事重提，

朱武，定远人氏，精通阵法，擅长谋略，原在少华山落草，后入伙梁山，担任同参赞军务头领。

不敢反悔，只好送别。

又是元旦，文武百官准备朝贺天子。蔡太师怕宋江等一百零八人都来朝贺，引起天子重视，就唆使天子下旨，只让宋江、卢俊义两个随班朝贺，其余人员，不必朝见。

元旦那天，宋江、卢俊义身穿朝服，随班行礼。散朝后，众将都来给宋江祝贺节日，宋江却低头不语。

吴用问宋江为什么愁闷，宋江说："众兄弟跟我破辽平寇，东征西讨，吃了许多苦，现在却是白身，因此愁闷。"

李逵说："想当初在梁山泊，受过谁的气？却天天想招安。真正招安了，又烦恼。要不，兄弟们再上梁山泊，却不快活！"

宋江大骂："这黑畜生又胡说！做了国家良臣，还反心未除吗？"李逵说："你不听我的话，以后多的是气受！"

以后几天，宋江每天带十几个人，进城给相关官员祝贺节日。蔡京知道了，就说给天子听，于是各城门张挂告示："所有出征回来的将军头领，只准在城外驻扎，没有明文的呼唤，不许擅自入城！违者军法从事。"

众将越发愤愤不平，都有了反心，只是碍于宋江情面。吴用把大家的情绪告诉宋江，宋江听了大惊失色，连忙召集诸将训话，说如果大家造反，他就先自刎。大家听了，都含泪发誓不反。

元宵节到了，燕青、乐和偷偷溜进城看花灯，带回一个消息：江南方腊反了，占了八州二十五县，改年建号，朝廷已派张招讨、刘都督去剿捕。

宋江听后，兴奋不已，就去求宿太尉在天子面前保举，前去征讨。

宿太尉跟天子说了，天子马上封宋江为平南都总管、征讨方腊的正

方腊占领区示意图

先锋；封卢俊义为兵马副总管、平南副先锋；其余正偏将佐，待有功劳，再封官爵，又留金大坚和皇甫端御前听用。

宋江、卢俊义上马回营，召集众将，除琼英怀孕留在东京外，其余将佐，收拾鞍马衣甲，准备征讨方腊。

出发的时候，蔡太师又抽去了萧让，王都尉要去了乐和，自此已离开五个弟兄，宋江心中非常郁闷。

经典名句

富与贵，人之所欲；贫与贱，人之所恶。

成人不自在，自在不成人。

谁向西周怀好音，公明忠义不移心。

经典原文

次日，只见公孙胜直至行营中军帐内，与宋江等众人打了稽（qǐ）首，便禀（bǐng）宋江道："向日本师罗真人嘱付小道，已曾预禀仁兄，令小道送兄长还京师毕日，便回山中学道。今日兄长功成名遂（suì），贫道亦难久处。就今拜别仁兄，辞了众位，即今日便归山中，从师学道，侍养老母，以终天年。"宋江见公孙胜说起前言，不敢翻悔，潸（shān）然泪下。便对公孙胜道："我想昔日弟兄相聚，如花方开。今日弟兄分别，如花零落。吾①虽不敢负汝（rǔ）前言，中心岂忍分别！"公道："若是小道半途撇（piē）了仁兄，便是贫道寡（guǎ）②情薄意。今来仁兄功成名遂，此去非贫道所趋（qū），仁兄只得曲允。"宋江再四挽留不住，便乃设一筵宴，令众弟兄别。

注释：①吾：我。②寡：少。

课外试题

孙安死后，是谁把他的遗骨带回了家乡？

答案：是耿恭和马灵。孙安英勇善战，屡建奇功，由于水土不服病死在军中，于是他遗言让耿恭和马灵把他的遗骨带回家乡，与是所以后来耿恭和马灵把他的遗骨带回了家乡。

第一百一十一回

取润州
宋江折三将

人物	绰号	性格	兵器
宋万（地魔星）	云里金刚（梁山排名第82位）	低调软弱、无主见	金刚剑

点题

宋江征方腊基本上是一步一个血印，首战润州就损失了三个兄弟。

宋江出师那日，宿太尉和赵枢（shū）密亲自来送，并且犒赏三军，水军头领将战船从泗（sì）水使到淮（huái）河，望淮安军坝（bà）使去，到扬州集合。宋江和卢俊义辞了宿太尉、赵枢密，将军马分作五路，从旱路向扬州出发，前军到淮安县驻扎的时候，收到了当地官员的热情款待，在当地官员的汇报之下，宋江了解到了润州的基本情况，吕师囊（náng）因向方腊献粮有功，被任命为东厅枢密使，和手下的十二个统治官一起把手润州。

宋江人马到了淮安，当天宋江就派柴进、张顺、石秀、阮小七四人分成两伙去润州城里打探消息，四人扮成来扬州的客商，石秀和阮小七去了焦山，柴进和张顺去了瓜州。

柴进和张顺来到江边，看到江北岸边没有一

宋万，是梁山开山元老，但因本领平平，在晁盖、宋江掌政时期，地位较低，担任步军将校。

条船只，甚至连一根木头都没有，于是便来到岸边的一个草屋歇下。他们在草屋中见到了一个婆婆，从婆婆的口中得知，近日吕师囊（náng）知道朝廷大军要来，便把船都抢到润州去了，于是他们给了银子就在这家住下。吃过干粮，张顺浮水游过江去，在金山脚下找到一条小船，打探到扬州城外定浦村的富豪陈观，指使佣人吴成私会吕师囊，准备献粮五万石（dàn）、船三百只，求取荣华富贵。吕师囊派手下叶贵，陪吴成到方腊的三弟方貌那里，领了号旗三百面、号衣一千领，以及封赏陈观的书札（zhá）。二人从方貌那里回来，乘船同到陈观家，索要五万石粮食、船三百只，被张顺碰上。张清问清来龙去脉，杀了叶贵、吴成两人，把船摇回淮安，取了船上的书信、三百面号旗、一千领号衣。

吴用派燕青假扮成叶虞（yú）候，解珍、解宝假扮成虞候的手下，三人一起前往定浦村，在三人巧舌如簧（huáng）的言辞下，成功获取对方信任。燕青在宴席的酒中下了迷药，当众人饮酒倒下后，宋江亲率人马到定浦村，杀了陈观满门，利用陈观已准备好的五万石粮食和三百只船，以及南军给的旗号和号衣，让穆弘、李俊假扮陈观的两个儿子陈益、陈泰，在三百只船舱内埋伏下二万人、四十二员将领，往润州港口而来。

吕师囊带着部下十二个战将，见对面驶来三百只战船，船上插着护粮旗号，就前来盘查。

吕师囊命令手下查验关防文书，又亲自盘问细节，假扮陈观长子陈益的穆弘都对答如流，不露一点破绽。

吕师囊正要派人搜查三百只船，忽然有圣旨到南门外。吕师囊忙让陈益、陈泰随同前往。穆弘、李俊招呼二十个偏将一同前往，却被守门将士把二十个偏将挡在城边。

传圣旨的使者告诉吕师囊，天子降旨，叫紧守江岸，严查北边来人，

宋江攻取润州示意图

如有嫌疑，就地诛杀。又有苏州御弟三大王方貌也传来将令，让吕师囊牢守江岸，早晚派人督查。吕师囊马上传令，刚刚北岸来人，一个也不准上岸。

可惜传令已晚，三百只船上的人，见半天没有动静，张横、张顺、李逵、解珍、解宝等首先发难，提兵器上岸，抢着入城。李逵在城门底下见人就杀，先前被拦在城边的二十个偏将，也杀起来，守门南军哪拦得住？

埋伏在船舱内的军马，也一齐冲出杀进城里。吕师囊手下十二个战将被杀六个，吕师囊引着败军，奔丹徒县去了。宋江夺了润州，清点人数，折了宋万、焦挺、陶宗旺。又差童威、童猛去焦山寻找此前派去的石秀、阮小七

宋江跟吴用说："我一百零八人，当初梁山泊发誓同生同死，回京后，先是公孙胜离开，后又御前留了金大坚、皇甫端，蔡太师用了萧让，王都尉要了乐和，今天又折了我三个弟兄。"宋江伤心不已。

吕师囊引着剩下的六个将官退守丹徒县，写告急文书，向三大王方貌求救，方貌派元帅邢政领军到来，复夺润州，路上与来取丹徒的关胜等十人相遇。

两军相对，邢（xíng）政出马，关胜来迎。斗到十四五个回合，关胜手起一刀，砍邢政于马下。呼延灼挥军卷杀，吕师囊弃了丹徒县，领着残军往常州而去。

经典名句

瓦罐不离井上破，将军必在阵前亡。
万里烟波万里天，红霞遥映海东边。
梵（fàn）塔高侵沧海日，讲堂低映碧波云。

经典原文

吴用劝道:"生死人之分定。虽折了三个兄弟,且喜得了江南第一个险隘(ài)州郡,何故烦恼,有伤玉体?要与国家干功,且请理论大事。"宋江道:"我等一百八人,天文所载,上应星曜①(yào)。当初梁山泊发愿,五台山设誓(shì),但愿同生同死。回京之后,谁想道先去了公孙胜,御前留了金大坚、皇甫端,蔡太师又用了萧让,王都尉又要了乐和。今日方渡江,又折了我三个弟兄。想起宋万这人,虽然不曾立得奇功,当初梁山泊开创之时,多亏此人,今日作泉下之客!"宋江传令,叫军士就宋万死处,搭起祭(jì)仪,列了银钱,排下乌猪白羊,宋江亲自祭祀(jì sì)②奠(diàn)酒。就押生擒到伪统制卓万里、和潼(tóng),就那里斩首沥(lì)血,享祭三位英魂。宋江回府治里,支给功赏,一面写了申状,使人报捷,亲请张招讨,不在话下。沿街杀的死尸,尽教收拾出城烧化,收拾三个偏将尸骸,葬于润州东门外。

且说吕枢密折了大半人马,引着六个统制官,退守丹徒县,那里敢再进兵。申将告急文书,去苏州报与三大王方貌求救。闻有探马报来,苏州差元帅邢政领军到来了。吕枢密接见邢元帅,问慰了,来到县治,备说陈将士诈降缘由,以致透漏宋江军马渡江。

注释:①星曜:中国传统历法中的一种注文,用以标示每日的凶吉。②祭祀:置备供品对亡人行礼,表示崇敬。

课外试题

宋江取润州时,是谁假扮陈观的长子?

答案:燕青。

第一百一十二回

夺宣州
宋江再失将

人物	曹正（地毯星）
绰号	操刀鬼（梁山排名第81位）
性格	待人友善、乐于助人
兵器	杆棒枪

点题

卢俊义打宣州，又损失了三员大将，让宋江心疼不已。

宋江率领大队军马前往丹徒县驻扎，犒赏三军，宋江和卢俊义商议行军策略，决定分兵挺进，宋江拈阄（jiū）儿攻常、苏二州，卢俊义拈阄儿攻宣、湖二州。杨志患病不能参战，留在丹徒县，宋江分领将佐四十二人，精兵三万，卢俊义分领将佐四十七人，精兵三万，同时水军石秀、阮小七等将佐十一人领水军五千，出发取茆（máo）港，进攻江阴、太仓。宋江将大船都分配给水军头领去攻打江阴、太仓，小船都进入里港，跟随大军去攻打常州。

吕师囊（náng）引六将进入常州，常州守将钱振鹏，手下有金节和许定两员副

曹正，开封人氏，屠户出身，曾帮助鲁智深、杨志夺取二龙山，后跟随两人入伙梁山，负责屠宰牲口。

083

宋江过长江示意图

将。吕师囊和钱振鹏商议如何迎战。

宋江率兵直逼常州城下，摇旗擂鼓挑战，钱振鹏先出阵对敌关胜，斗到三十个回合以上，钱振鹏渐渐乏力，吕师囊手下六将中赵毅、范畴

（chóu）两人出马，宋军中黄信、孙立截住厮杀。吕师囊又让许定、金节出城助战，宋军阵中韩滔、彭玘（qǐ）双双来迎。

金节有归降大宋的想法，上阵故意要乱本队阵脚，斗了几个回合拨马就走，韩滔（tāo）追了上去。南军六将之一的高可立看韩滔追来，取弓搭箭，将韩滔射落马下。秦明急忙来救，韩滔已被南将张近仁一枪结果了性命。

彭玘和韩滔关系很好，见韩滔身亡，撇（piē）下许定，直奔高可立。许定赶来，被秦明截住。高可立迎战彭玘，张近仁从旁边一枪把彭玘挑下马去，关胜一刀把钱振鹏剁于马下。

关胜回来说损失了韩滔、彭玘，宋江大哭。李逵要为二将报仇，第二天两军对阵，李逵抢先挑战。吕师囊问谁去应战，高可立、张近仁自告奋勇出战。

宋军兵士告诉李逵，正是高可立、张近仁杀了韩滔、彭玘。李逵听说后，拿起两把板斧，不顾后果地抢到对面阵上。鲍旭一见，急忙叫上项充、李衮，舞起蛮（mán）牌，随后掩护。

李逵等人抢到对方阵前，高可立、张近仁猝（cù）不及防，高可立被李逵一斧砍下头来，张近仁也被鲍旭一刀毙（bì）命。

宋江指挥军马三面围住常州城挑战，吕师囊

无计可施，想弃城逃走。

金节回到家中，和妻子秦玉兰商量捉吕师囊献城。秦玉兰建议他先和宋江联系上，然后里应外合，金节同意。

吕师囊分派应明、赵毅守东门，沈扑、范畴守北门，金节守西门，许定守南门。当晚金节写信，夜深人静时，偷偷用箭射给了宋军。

第二天宋江领兵攻城，吕师囊令四门守将出城迎战。西门金节引军马出城，宋阵孙立出马，两人战不到三个回合，金节拨马退入城中。

孙立随后追赶，到了城门边占了西门，宋军从西门进城。城中百姓痛恨方腊残害，都来帮宋军。范畴、沈扑、赵毅被活捉，应明被乱军杀死，吕师囊引许定从南门逃往无锡，宋江领人马进入常州城，亲自下阶迎接金节，金节在台阶下谢恩，又重新成为宋朝良臣。

宋江在常州屯住兵马，派戴宗去卢俊义处去打探消息，此时又有探子来报，说吕师囊逃回无锡县，会合苏州救兵准备反扑。宋江让关胜等十员头领率兵一万，往南迎敌。

戴宗探听了宣、湖二州的消息，与柴进一起来见宋江，柴进奉卢俊义将令，来给宋江报捷（jié），说已得了宣州。宋江询问了作战详情，得知方腊手下的经略使家余庆镇守宣州，由于宣州东门的守卫不严，才趁机夺了宣州，家余庆带着剩下的败残军兵望湖州逃去，但在攻城过程中损失了郑天寿、曹正、王定六三人。宋江听说又损失了三个兄弟，大叫一声，晕倒在地。

> **经典名句**
>
> 花开又被风吹落，月皎那堪云雾遮。
> 他日中山忠义鬼，何如方腊阵中亡。
>
> 胜狸猫强似虎，及时鸦鹊便欺雕

经典原文

此日关胜折了些人马，引军回见宋江，诉说折了韩滔(tāo)、彭玘(qǐ)。宋江大哭道："谁想渡江已来，损折我五个兄弟。莫非皇天有怒，不容宋江收捕方腊，以致损兵折将？"吴用劝道："主帅差矣！输赢胜败，兵家常事，人之生死，乃是分定，不足为怪。此是两个将军禄(lù)绝①之日，以致如此。请先锋免忧，且理大事。"且说帐前转过李逵，便说道："着②几个认得杀俺兄弟的人，引我去杀那厮(sī)贼徒，替我两个哥哥报仇！"宋江传令，教来日打起一面白旗："我亲自引众将直至城边，与贼交锋，决个胜负。"次日，宋公明领起大队人马，水陆并进，船骑相迎，拔寨都起。黑旋风李逵，引着鲍旭、项充、李衮，带领五百悍(hàn)勇步军，先来出哨(shào)，直到常州城下。吕枢密见折了钱振鹏，心下甚忧，连发了三道飞报文书，去苏州三大王方貌处求救，一面写表申奏朝廷。又听得报道："城下有五百步军打城，认旗上写道为首的是黑旋风李逵。"吕枢密道："这厮是梁山泊第一个凶徒，惯杀人的好汉，谁敢与我先去拿他？"帐前转过两个得胜获功的统制官高可立、张近仁。吕枢密道："你两个若拿得这个贼人，我当一力保奏，加官重赏。"

注释：①禄绝：生命完结，俸禄停止。暗喻人死了。②着：派。

课外试题

卢俊义夺取宣州损失哪三位大将？

答案：施恩、孔亮、王定六。

第一百一十三回

榆柳庄
李俊小结义

人物	绰号	性格	兵器
孔明（地狲星）	毛头星（梁山排名第62位）	脾气暴躁	钢枪

点题

李俊在榆柳庄结识费保四人，为以后的退居海外打下基础。

宋江攻打无锡时，无锡城里驻守的是吕师囊、许定，外加方貌派来的卫忠。两军对战之时，卫忠引兵出战，李逵带着鲍旭、项充、李衮（gǔn）率马迎敌，卫忠的兵马还没有来得及摆阵，李逵等人就掩杀过来，因此大败回城。李逵四人紧随其后，进入县里，吕枢（shū）密等人见大事不妙，便带着残兵败将从南门出逃向苏州奔去。关胜随即引着兵马攻下无锡县。

吕枢密和卫忠、许定三个来到苏州向三大王方貌求救，诉说宋军声势浩大、势不可挡，方貌让吕师囊做先锋，引五万兵马出城门前往无锡县迎战宋军。

两军相对，吕师囊出阵，被徐宁一枪毙（bì）命。方貌手下有刘赟、张威、徐方、郭世广、邬

孔明，青州人氏，原是孔家庄大少爷，曾在白虎山落草，后入伙梁山，担任守护中军步军骁将。

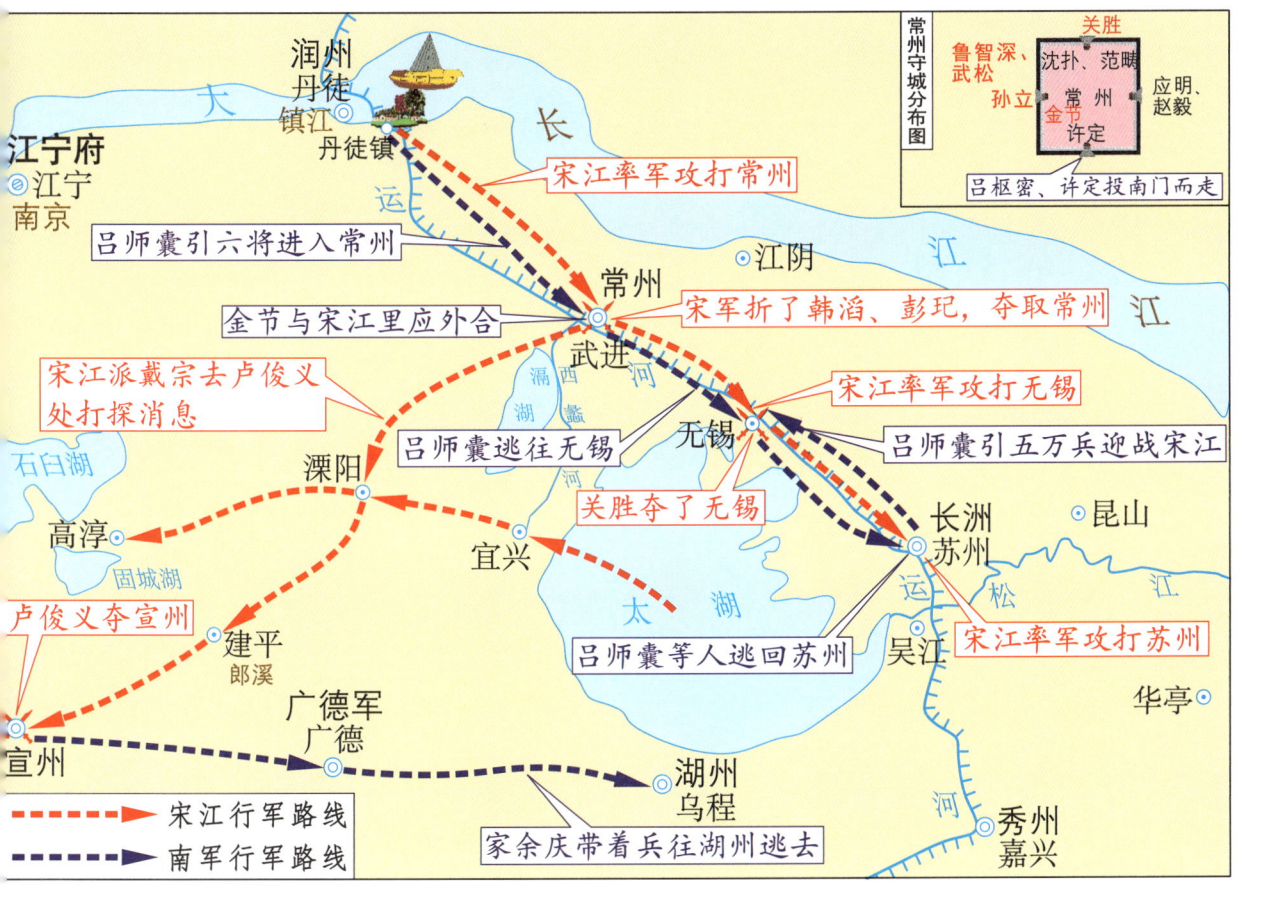

宋江攻苏州路线示意图

（wū）福、苟（gǒu）正、甄（zhēn）诚、昌盛八大将军。方貌让八将一齐出战，被宋江阵中八员将接着。战斗中，朱仝一枪刺死苟正，方貌退守苏州不出。

　　宋江当日率领兵马前往苏州，在靠近姑苏寺的地方安寨扎营。宋江见南军不出，便引着花荣、徐宁等人到苏州城外勘察地形，回到寨后，便和吴用商量攻城策略时，突然有人来报："水军头领正将李俊，从江阴来见主将。"宋江见了李俊，询问沿海消息，李俊说："水军已经攻下江阴、太仓，石秀、张横、张顺去攻打嘉定，三阮去攻打常熟。"听罢，宋江赏了张顺。宋江想从水路攻打苏州，李俊就去苏州附近的太湖察看地

宋江进攻苏州示意图

图例：
- 宋江攻苏州行军路线
- 南军逃跑行军路线

标注：
- 迎宣赞去虎丘山下殡葬
- 宋江军队假扮南军，杀进城来
- 李俊带着童威、童猛去太湖察看地形，与劫匪结义
- 捉拿十只官船

地名：慧山、无锡、虎丘、宜兴、姑苏山、木渎镇、太湖、洞庭山、榆柳庄、平望、水口镇、长兴、湖州乌程、梅溪镇、乌墩镇、青墩镇

形。宋江让李应带孔明、孔亮、施恩、杜兴去昆山、常熟、嘉定等处协助水军，替回童威、童猛。

童威、童猛和李俊同去太湖察看地形，被太湖渔民捉住，绑（bǎng）在一个庄院的木桩上。庄院草堂上坐着四个好汉，要杀李俊他们。

四人问三人姓名，李俊说："我们是梁山李俊、童威、童猛。你押我三人去找方腊领赏吧。"四人听了，立刻放了李俊三人，说："早就听说各位大名，没想到今天遇着了！"

原来这四位分别叫费保、倪（ní）云、卜（bǔ）青、狄（dí）成，借榆（yú）柳庄栖（qī）身，在太湖里做些抢劫生意。李俊想带他们四位去见宋江，保他们做官。费保说："我们若想要做官，在方腊那里已做多时。哥哥如果需要帮忙，我们在所不辞，若要我们做官，我们不做。"

李俊说："既然如此，我们结

宋江水军进军示意图

拜为弟兄吧。"于是七人结拜。

七人商议取苏州,有渔人来报告,说平望镇来了十只大船,插着黄旗,写着"承造王府衣甲",每只船上有六七个人。费保立即召集六七十只小船,围住大船,船上的人除了两个头目,全部被杀死,并把大船移回榆柳庄。

审过两个头目,才知是方腊太子方天定让手下库官押送新造铁甲三千副,送给方貌。李俊问了两个库官姓名,要了关防文书,杀了两个

宋江派石秀、张横、张顺攻取嘉定

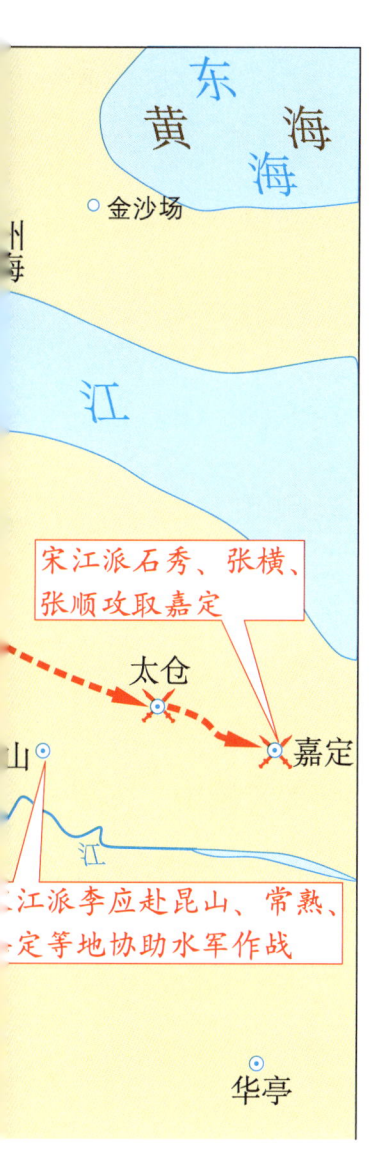

宋江派李应赴昆山、常熟、嘉定等地协助水军作战

库官，把十只船藏在庄后港内。

李俊赶快来见宋江。吴用让李逵、鲍旭、项充、李衮带二百多人，凌振带一百个号炮，跟着李俊回了榆柳庄。

费保、倪云扮作库官，带了关防文书，众渔人穿了南军号衣，扮作艄（shāo）公水手，李逵、凌振等二百多人藏在舱内，卜青、狄成押了后船，当夜五更，十只船来到苏州城下。

郭世广亲自盘问、检验，放进城门。一进城门，李逵、鲍旭、项充、李衮带二百多人上岸，在城里横冲直撞。凌振放出号炮，宋江人马杀进城来。

方貌准备逃出南门，不想在小巷撞到鲁智深，方貌不敌，转身便逃，逃到乌鹊桥下，又撞见武松，武松一刀砍断马脚，方貌落马，武松又一刀砍了他的首级。八大将除了刘赟领残兵逃往秀州，其余全部被杀。

宋江清点人数，损失了宣赞，宋江伤心不已，命人用棺材装起宣赞的尸身去虎丘山下殡（bìn）葬。水军又来汇报，说打常熟时死了施恩，攻昆山时死了孔亮。宋江听说又损三将，大哭一场。

经典名句

了身达命蟾（chán）离壳，立业成名鱼化龙。
溶溶漾漾（yàng）白鸥飞，绿净春深好染衣。
武松立马诛方貌，留与凶顽做样看。

经典原文

今来寻得这个去处,地名唤做榆柳庄,四下里都是深港,非船莫能进,俺四个只着打鱼的做眼,太湖里面寻些衣食。近来一冬,都学得些水势,因此无人敢来侵傍。俺们也久闻你梁山泊宋公明招集天下好汉,并兄长大名,亦闻有个浪里白条张顺,不想今日得遇哥哥!"李俊道:"张顺是我弟兄,亦做同班水军头领,现在江阴地面,收捕贼人。改日同他来,却和你们相会。愿求你等四位大名。"为头那一个道:"小弟们因在绿林丛中走,都有异名,哥哥勿笑!小弟是赤须龙费保,一个是卷毛虎倪(ní)云,一个是太湖蛟卜青,一个是瘦脸熊狄成。"李俊听说了四个姓名,大喜道:"列位从此不必相疑,喜得是一家人!俺哥哥宋公明,见做收方腊正先锋,即目①要取苏州,不得次第②,特差我三个来探路。今既得遇你四好汉,可随我去见俺先锋,都保你们做官。待收了方腊,朝廷升用。"费保道:"容复:若是我四个要做官时,方腊手下,也得个统制做了多时③,所以不愿为官,只求快活。若是哥哥要我四人帮助时,水里水里去,火里火里去。若说保我做官时,其实不要。"李俊道:"既是恁(nèn)地,我等只就这里结义为兄弟如何?"四个好汉见说大喜,便叫宰(zǎi)了一口猪,一腔羊,置酒设席,结拜李俊为兄。李俊叫童威、童猛都结义了。

注释:①即目:目前;现在。②次第:等第。③多时:很长时间。

课外试题

李俊、童威、童猛和谁结拜成弟兄?

答案:费保、倪云、卜青、狄成。

第一百一十四回

打杭州
宋江损兵将

人物	段景住（地狗星）
绰号	金毛犬（梁山排名第108位）
性格	讲义气
兵器	马王鞭

点题

皇帝调走安道全，等于间接要了梁山受伤将领的命。

费保等四人要回去，宋江留不住，让李俊、童威、童猛送回榆柳庄。费保劝李俊等三人归隐，李俊说等收服方腊后，就来和四人相聚。

李俊辞别了费保四人，便和童威、童猛回来参见宋江，吴江县已无贼寇，宋江随即传令整顿水陆军马启程，望秀州驶去。

秀州守将段恺听说苏州三大王方貌已死，又听说宋江率大军前来攻城，顿时被吓得魂飞魄散，随即献城投降。宋江和众将商议攻打杭州计策，柴进说愿去方腊老巢做卧底，宋江就派柴进和燕青扮作书生主仆，直奔睦州。

吴用说杭州南边钱塘江，水路直通，如果驾船到钱塘江南放炮竖旗，城中人必慌，问水军头领谁愿去？张横、三阮都愿意去，吴用只叫张横、阮小

段景住，涿州人氏，曾盗取金国王子的照夜玉狮子马，想要献给宋江，但不料半路被劫，后入伙梁山。

095

宋江进军杭州及周边地区示意图

七、侯健、段景住引三十多个水手，带十几个火炮号旗，划船往钱塘江去。

宋江调兵遣将结束后，回到秀州，计划攻取杭州，突然听到天子派使者带着御酒和赏赐来犒（kào）赏三军，并且传神医安道全驾前听用，

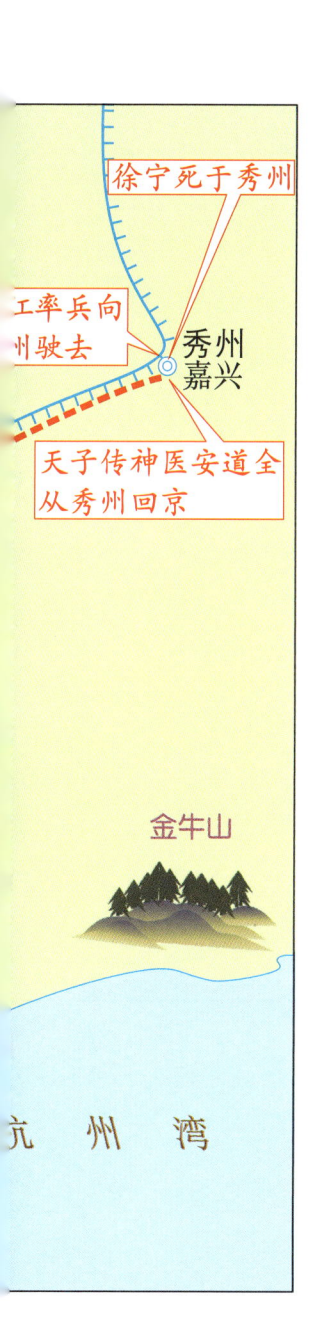

宋江让安道全同使者回京。

宋江将赏赐分给众人后，选了日子，辞别了刘光世、耿（gěng）参谋，上马行兵，水陆并进，行军走到崇德县时，守将听说后，径直逃回杭州。

方腊太子方天定，手下有宝光如来国师邓元觉、南离大将军元帅石宝、镇国大将军厉天闰（rùn）、护国大将军司行方四员大将，又有二十四员偏将。

方天定召集众将，让司行方引四偏将护德清州；厉天闰引四偏将护独松关；石宝引八员偏将迎敌大队人马；邓元觉和他护杭州。

宋江率领大军，缓慢前行，来到临平山，望见山顶上有一面红旗，宋江派花荣、秦明先探路，正好撞见石宝人马。石宝手下王仁、凤仪二将，直奔花荣、秦明，四将斗了十多个回合，不分胜负，各回本阵。

宋江引朱仝（tóng）、徐宁、黄信、孙立来到阵前。王仁、凤仪和秦明、花荣再战，徐宁上阵，花荣退出，不等徐宁、王仁交手，花荣一箭射王仁下马。凤仪见王仁落马，吃了一惊，被秦明一棍打下马去。宋军冲杀，石宝抵挡不住，退回皋亭山去，在靠近东新桥的地方驻扎，由于当晚无法确定迎敌策略，只得退入城去。

宋江率军穿过皋（gāo）亭山，在东新桥下扎寨，调遣本部军兵，分三路攻打杭州。朱仝、史进、鲁智深等人攻打东门；李俊、张顺、阮小二等人攻打靠湖城门；宋江率领的中军攻打北关门、艮（gèn）山门；宋江分定

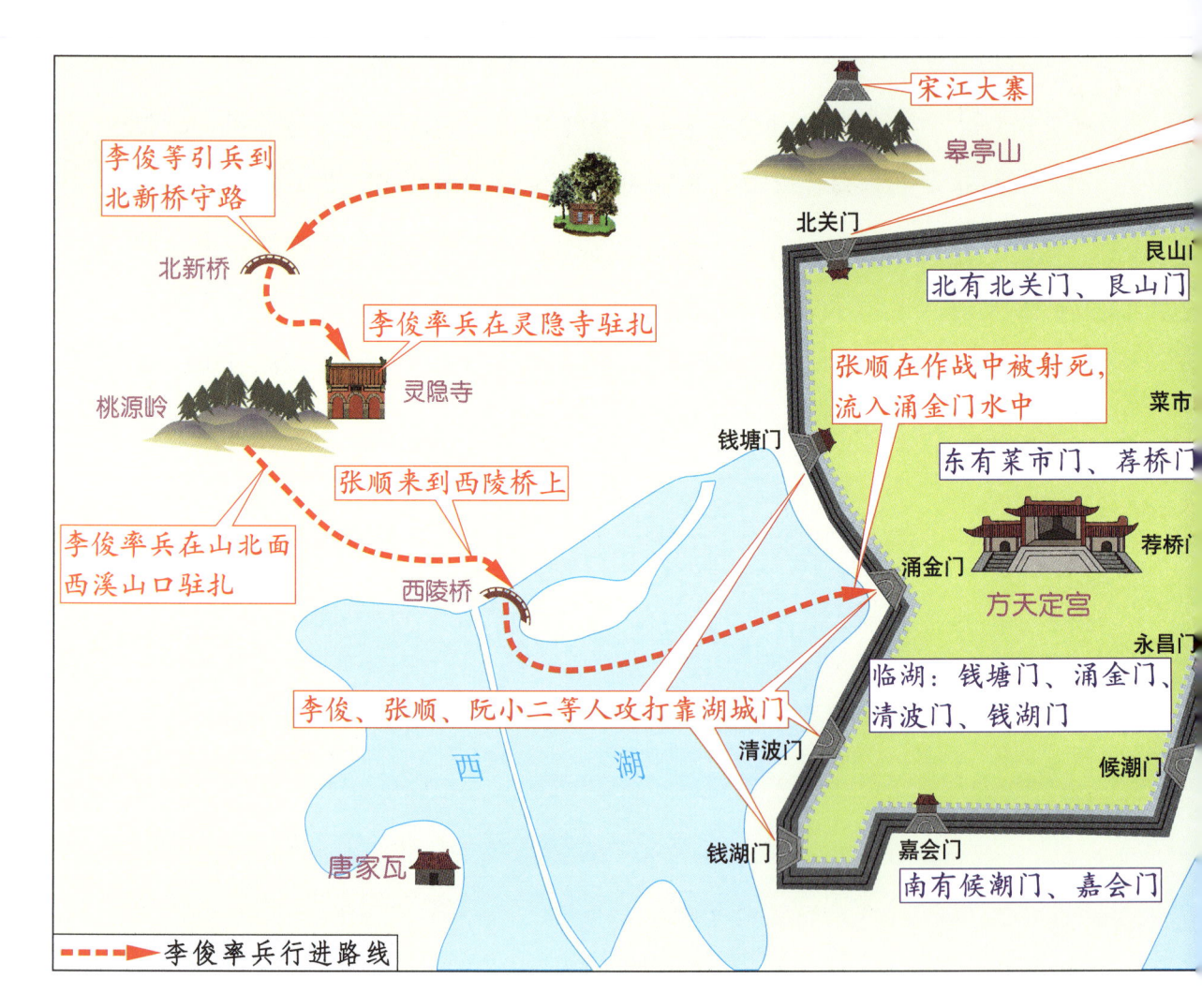

宋江包围杭州示意图（一）

完三军后，就各自出发。

石宝闭门不出，宋江让花荣、秦明、徐宁、郝（hǎo）思文，每天轮流出哨。一连几天，宋军不见石宝出战。

这天又该徐宁、郝思文出哨，两人带了人马来到北门，见城门大开，两人到吊桥边察看。一声鼓响，城里冲出一队人马，徐宁、郝思文急忙回马，城西又有一百多名骑兵冲来，徐宁拼命杀出重围，郝思文被活捉过去。

江率领中军攻打
关门、艮山门

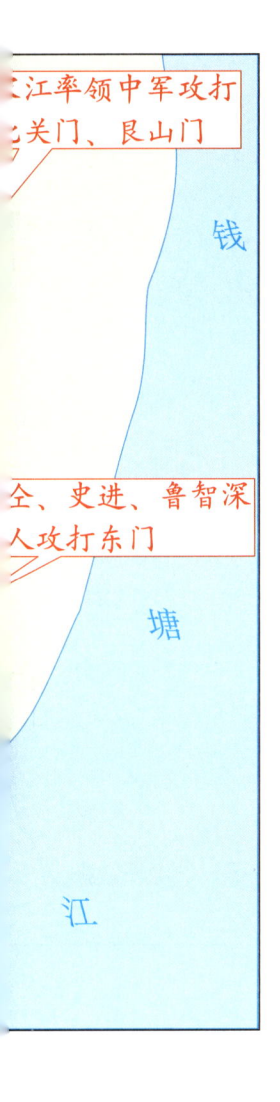

全、史进、鲁智深
人攻打东门

钱

塘

江

　　徐宁急忙去救，颈上中了一箭，带箭回马飞跑，被关胜救了下来。军医拔箭，用金枪药敷（fū）贴，其间晕倒多次，此时安道全已回东京，由于没有好医生救治，宋江便派人将徐宁送到秀州养病，但未曾想箭上有毒，治疗了半个多月，依旧无果，徐宁身亡。第二天，郝思文头颅在杭州北关城上示众。

　　宋江损失二将，按兵不动，守住大路。

　　李俊等引兵到北新桥守路，后来李俊和张顺率兵经过桃源岭西山深处，在今天的灵隐寺屯（tún）驻，山北面西溪山口，也驻扎了小寨。张顺对李俊说："南兵在杭州城里半月不出战，我今晚从湖里泅（qiú）水，偷偷从水门潜进城，放火为号，你约上宋先锋，一齐攻城。"

　　李俊说计策虽好，没人配合行动，怕张顺不能完成，应先通知宋先锋，派人接应。张顺说，他泅水进城和通知宋江同时进行，等他到城下，宋先锋人马也已行动，这样不耽搁（dān ge）事。

　　当晚张顺来到西陵桥上，看到西湖风景秀丽宜人，看了一会儿，从水底游过湖，趁还没天亮就爬城。刚爬到半腰，城上士兵往下射箭、打鹅卵石，张顺躲避不及，被射死落入涌金门水中。

> **经典名句**
> 世事有成必有败，为人有兴必有衰。有一万顷碧澄澄掩映琉璃，列三千面青娜娜参差翡翠。
> 春风湖上，艳桃浓李如描；夏日池中，绿盖红莲似画。

经典原文

众军汉看了一回,并不见一物,又各自去睡了。张顺再听时,城楼上已打三更,打了好一回更点,想必军人各自去东倒西歪睡熟了,张顺再钻向城边去,料是水里入不得城。爬上岸来看时,那城上不见一个人在上面,便欲要爬上城去,且又寻思道:"倘或城上有人,却不干折了性命,我且试探一试探。"摸些土块,掷撒上城去,有不曾睡的军士,叫将起来,再下来看水门时,又没动静。再上城来敌楼上看湖面上时,又没一只船只。原来西湖上船只,已奉方天定令旨,都收入清波门外和净慈港(gǎng)内,别门俱不许泊(bó)船。众人道:"却是作怪!"口里说道:"定是个鬼。我们各自睡去,休要采他。"口里虽说,却不去睡,尽伏在女墙①边。张顺又听了一个更次,不见些动静,却钻到城边来。上面更鼓不响,张顺不敢便上去,又把些土石抛掷(zhì)上城去,又没动静。张顺寻思道:"已是四更,将及天亮,不上城去,更待几时!"却才扒(bā)到半城,只听得上面一声梆(bāng)子响,众军一齐起。张顺从半城上跳下水池里去,待要趁水汩(fù)②时,城上踏弩(nǔ)硬弓、苦竹枪、鹅卵(luǎn)石,一齐都射打下来。可怜张顺英雄,就涌金门内水池中身死。

注释:①女墙:城墙上面呈凹凸形的短墙。②汩:淹没。

课外试题

打杭州,宋江率领的中军攻打哪个城门?

答案:北关门的艮山门。

第一百一十五回

吴学究智取宁海军

人物	周通（地空星）
绰号	小霸王（梁山排名第87位）
性格	灵活勇猛、有气度、不记仇
兵器	走水绿沉枪

点题

吴用利用方天定征粮的机会，派人潜伏进城，夺了杭州。

午后，张顺的人头在杭州城上号令。宋江执意要去吊孝，带了石秀、戴宗、樊（fán）瑞、马麟（lín），引五百军士，暗地从小路到西陵桥上，朝着涌金门下哭奠（diàn）。正哭之间，只听得桥两边鼓响，两拨军马来拿宋江。

原来是方天定派十员将，分作南北两路来捉宋江。只听桥下喊声大作，左有樊瑞、马麟，右有石秀，各引军赶杀南北两路南军，杀死五将。

宋江回到寨中，让戴宗去独松关、德清两地探听消息。去了几天，戴宗回来说卢先锋已过独松关，早晚就到杭州。宋江问兵将情况，戴宗不回答，只让宋江看公文。宋江

周通，原为桃花山二寨主，后入伙梁山，担任马军小彪将兼远探出哨头领第十六名。

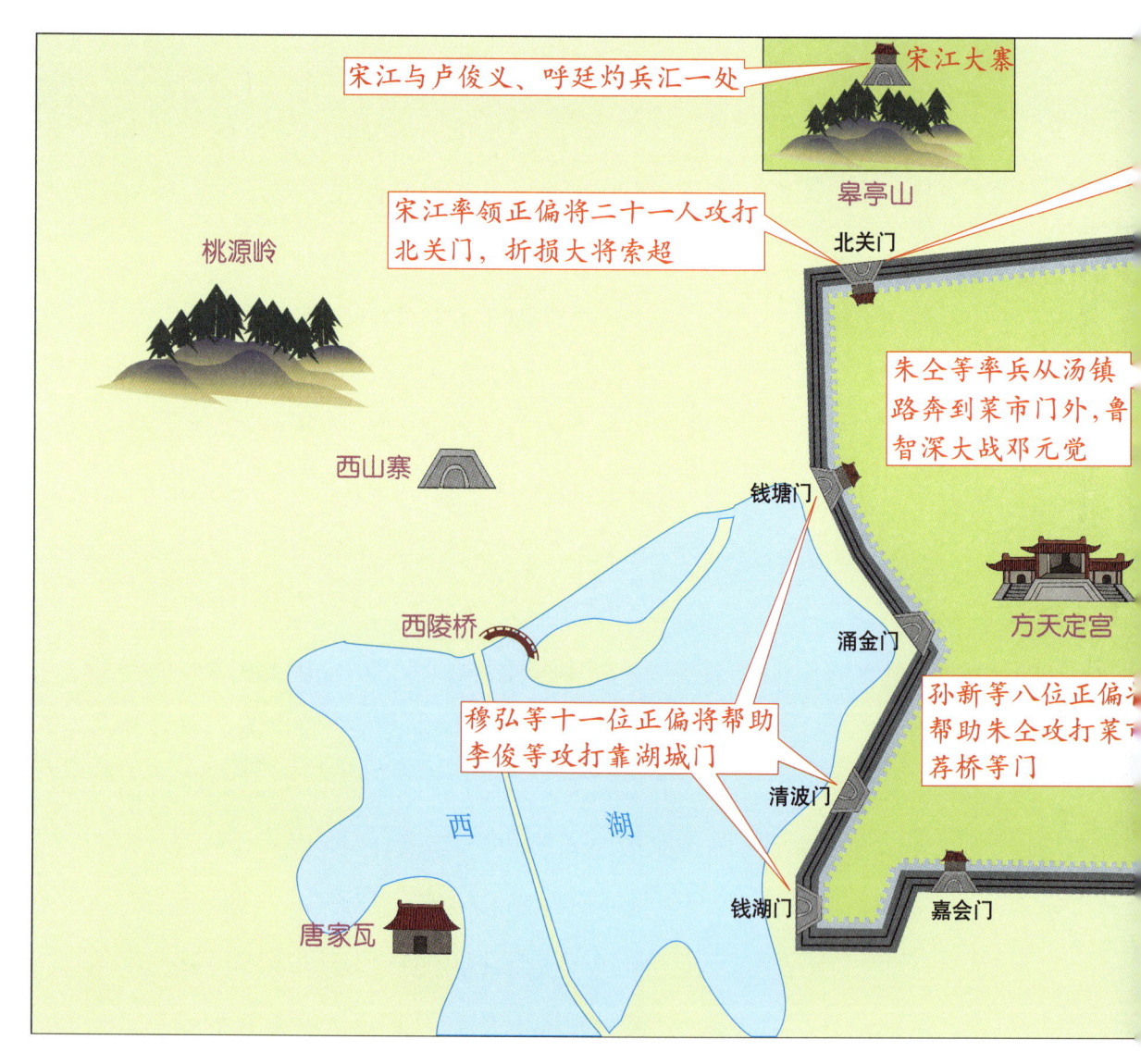

地图标注：
- 宋江大寨
- 宋江与卢俊义、呼延灼兵汇一处
- 皋亭山
- 桃源岭
- 宋江率领正偏将二十一人攻打北关门，折损大将索超
- 北关门
- 朱仝等率兵从汤镇路奔到菜市门外，鲁智深大战邓元觉
- 西山寨
- 钱塘门
- 西陵桥
- 涌金门
- 方天定宫
- 穆弘等十一位正偏将帮助李俊等攻打靠湖城门
- 孙新等八位正偏〔将〕帮助朱仝攻打菜〔市〕荐桥等门
- 清波门
- 西 湖
- 唐家瓦
- 钱湖门
- 嘉会门

宋江攻打杭州示意图（二）

知道又有人员伤亡，一看公文，果然损失了周通、董平、张清三员将领。

吴用让宋江派人去接应卢俊义人马，宋江调李逵、鲍旭、项充、李衮（gǔn）引三千步军去了。

宋江人马攻打东门，正将朱仝（tóng）等率领五千军马从汤镇路奔到菜市门外，来到城边后，鲁智深出阵。宝光国师邓元觉出战，方天定

宋江率领的中军攻打北关门、艮山门

卢俊义带领正偏将十二人攻打候潮门，刘唐死于门下

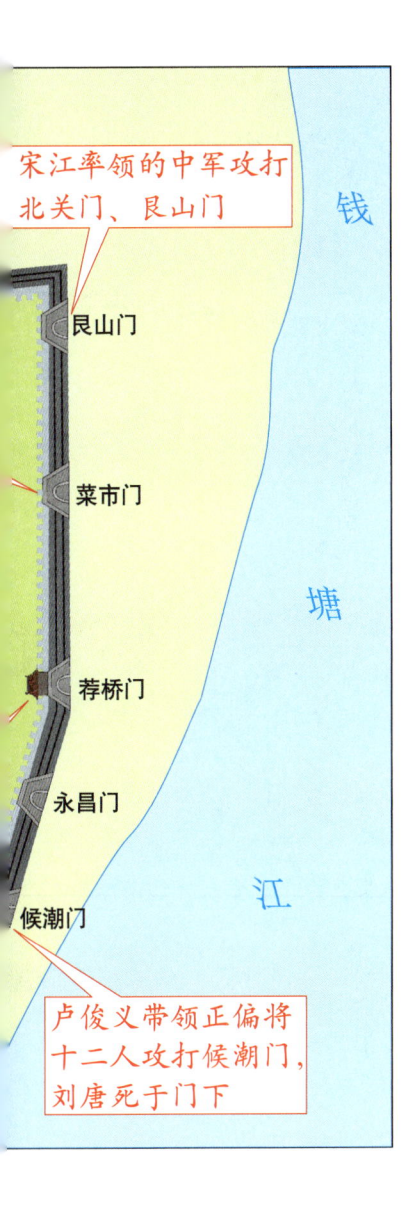

引八员猛将，同元帅石宝上城，看国师迎敌。

邓元觉和鲁智深斗过五十多回合，不分胜败。武松见鲁智深战邓元觉不下，舞起双刀，直取宝光。

宝光拖了禅（chán）杖就走，武松追了上去。忽然城里冲出一员猛将，是方天定手下贝应夔（kuí），和武松厮杀。武松左手扔了戒刀，握住贝应夔枪杆，连人带枪拽下马来，右手一刀，剁下贝应夔人头。方天定急叫拽起吊桥，收兵入城。

当天宋江率兵在北关门挑战的时候，石宝出城迎敌，宋军关胜提刀出战，双方斗了二十多个回合，石宝拨马折回，关胜识出石宝的计谋，也不追赶，当下便拨马回营。

李逵率兵去迎接卢俊义，在路上杀死了姚义，张俭、张韬被解珍、解宝活捉，卢俊义听后大喜，与李逵合兵一处回到皋（gāo）亭山大寨中拜见宋江。

次日，宋江将张俭、张韬（tāo）斩首示众，又命卢俊义率兵去迎接呼延灼军马，路上又碰见敌军，于是展开厮杀，后与呼延灼兵马会合，一起回到皋亭山总寨，拜见宋江。宋江看呼延灼部内，少了雷横、龚旺二人，细问之下才知二人战死沙场，宋江不禁泪如

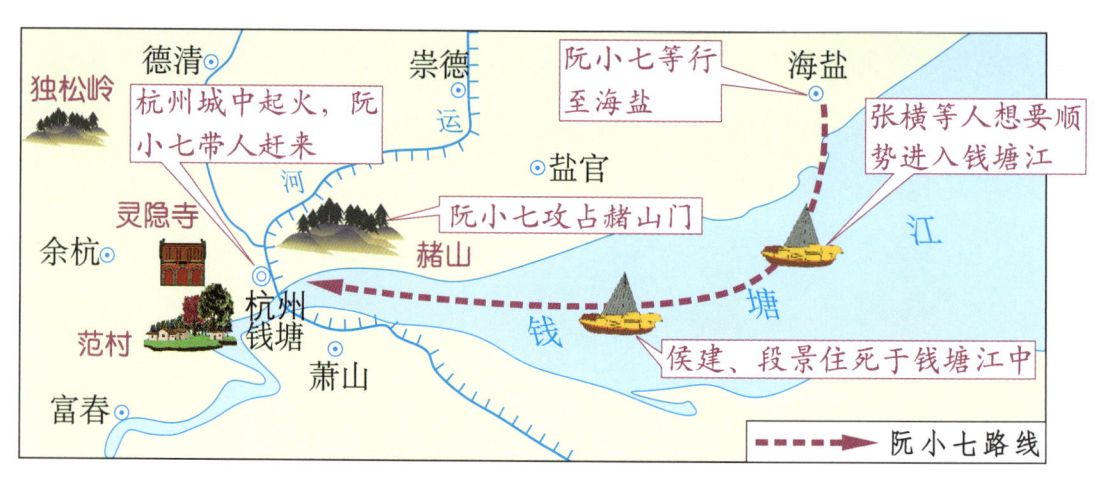

宋江攻占杭州示意图

雨下。

第二天，宋江与吴用商议，分兵多路攻打杭州。卢俊义带领正偏将十二人攻打候潮门，花荣等十四位正偏将攻打艮（gèn）山门，穆弘等十一位正偏将去西山寨内，帮助李俊等攻打靠湖门，孙新等八位正偏将去东门寨帮助朱仝攻打菜市、荐（jiàn）桥等门，宋江率领正偏将二十一人攻打北关门大路。

宋江率领人马到北关门下挑战，石宝首先率马出战，宋军索超迎敌，石宝假装失败，回马边走，索超不顾关胜的阻拦，率马追赶，结果中计，被石宝劈成两段，邓飞前去救援，结果石宝马到，一刀将邓飞砍做两段。城中宝光国师又引了数员猛将朝宋军杀来，宋军大败，向北逃去。

宋江后来又依据吴用的计谋，攻打杭州，结果在攻打候潮门的时候，又折了刘唐。李逵十分气愤，和宋江带着关胜、欧鹏、吕方、郭盛四个马军将领来到北关门下挑战，结果又折了鲍旭，宋江只得率军退还本寨。众人正在烦愁之时，解珍、解宝来见宋江，说他二人在南门外巡逻（luó），遇上富阳县的袁评事押着粮船，说是奉方天定命令，征得五千石粮食前来缴（jiǎo）纳，遇上大军围城厮杀，停泊在此。

吴用大喜说："这是天赐其便，你们两个要袁评事配合，带凌振等十六人，冒充挑夫、艄（shāo）公、水手，混进城去，放炮为号，我调兵接应你们。"

解珍、解宝叫来袁评事，对他说明意图，袁评事高兴答应。袁评事引船直到城下叫门，方天定见是征得的粮食，命令开城门，众将夹杂在艄公水手里面，搬粮运米入城。

当夜二更，凌振直去吴山顶上放炮，众将各取火把，到处点着。城中一时沸腾起来，不知有多少宋军在城里，各城门军士都逃命去了，宋兵争相夺城。

城西山内李俊等人得到将令，引军杀到净慈港，夺得船只，从湖中驶过，在金门上岸，众将领纷纷去攻打各个城门，李云、石秀首先登城，夜中混战，只留南门不围。方天定急急披挂上马，四下里寻不着一员将校，只有几个步军跟着，往南门跑去，走得到五云山下，张横口中衔（xián）刀从江里上岸，把方天定扯下马来，一刀割了头，奔回杭州城。

宋江破了杭州，将方天定宫中作为帅府，众将领守住行宫，看见张横策马而来，细问之下，得知张顺死后留于水府龙宫为神，后遇见从江中赶来的哥哥张横，便附在张横的身上杀了方天定。后召来裴宣、蒋敬写录众将的功劳，李俊、石秀生擒（qín）吴值，三员女将生擒张道原，林冲蛇矛戳死冷恭，解珍、解宝杀了崔彧（yù），只跑了石宝、邓元觉、王勣（jì）、晁中、温克让五人，举保献粮袁评事为富阳县令。

众将在城中歇下后，小卒来报："阮小七从江里上岸，入城来了。"宋江将其唤到帐前问话，阮小七说："我和张横、侯建、段景住带领水手，在海边找到船只，行驶到海盐等地，想要顺势进入钱塘江，不曾想遭遇大风，众人掉落水中，侯建、段景住不会游泳，被水淹死，剩下的众多水手都各自逃命了，我顺着海水进入赭（zhě）山门，又被潮水涌到半墦（fán）山，却看见张横在五云山江里，本想上岸，却看见城中起火，又听见炮响连连，料想哥哥定在攻城，就从江里上岸赶来。"宋江将张横的事情说给了阮小七，随后让阮小七和他的两个哥哥依旧管理水军，又想到张顺如此通神灵，便在涌金门外，靠西湖边建立寺庙，名为金华太保，宋江亲自前去祭拜。

宋江在行宫中，想到渡江以来，损失了众多兄弟，心中十分悲怆（chuàng），就在净慈寺做了七昼夜法事，超度亡灵。

经典名句

四肢不举，两眼蒙眬，七魄悠悠，三魂杳（yǎo）杳。

未从五道将军去，定是无常二鬼催。

心中添闷，眼泪如泉。

经典原文

当日宋江引军到北关门搦（nuò）战①，石宝带了流星锤上马，手里横着劈风刀，开了城门，出来迎敌。宋军阵上大刀关胜，出马与石宝交战。两个斗到二十馀（yú）合，石宝拨回马便走。关胜急勒住马，也回本阵。宋江问道："缘何②不去追赶？"关胜道："石宝刀法不在关胜之下，虽然回马，必定有计。"吴用道："段恺（kǎi）曾说此人惯使流星锤（chuí），回马诈（zhà）输，漏（lòu）人③深入重地。"宋江道："若去追赶，定遭毒手，且收军回寨。"一面差人去赏赐武松。却说李逵等引着步军，去接应卢先锋，来到山路里，正撞着张俭等败军，并力冲杀入去，乱军中杀死姚义。有张俭、张韬二人，再奔回关上那条路去，正逢着卢先锋，大杀一阵，便望深山小路而走。

注释：①搦战：挑战。②缘何：为什么。③漏人：诱人。

课外试题

宋江给张顺建的庙宇叫什么名字？

答案：宋江在张顺阵亡后，为了纪念他，在杭州涌金门外西湖边的建造了一座庙宇，题名为"金华太保"，用来祭奠他。

第一百一十六回

宋公明大战乌龙岭

人物	朱富（地藏星）
绰号	笑面虎（梁山排名第92位）
性格	仗义、谨慎
兵器	朴刀

点题

乌龙岭一战，宋江损失惨重，进军之路异常艰难。

剩下睦（mù）州和歙（shè）州，宋江和卢俊义再拈阄（jiū）儿攻打。宋江拈睦州，卢俊义拈歙州。两人约定，等攻下二州，合兵攻打方腊老巢清溪县帮源洞。

此时杭州瘟疫（wēn yì）盛行，张横、穆弘、孔明、朱贵、杨林、白胜病倒，穆春、朱富照看病人，留在杭州共八人。宋江领将二十八员，卢俊义领将二十八员，二人分路出发。

卢俊义等人率领三万军马，辞别了刘都督（dū）和宋江，顺着杭州的山路，经过临安县，并继续前进。

宋江率领兵马，水陆并进，离开杭州，向着富阳县出发。此时宝光国师邓元觉和石宝五人带着残兵败将镇守富阳县关隘（ài），命人去睦州求救，右丞相祖士远让白钦（qīn）、景德率领一万

朱富，朱贵的弟弟，擅长使用暗器，为兄弟义气入伙梁山，负责监造、供应酒醋。

军马前去接应，两人引兵来到富阳县，和宝光国师等合兵一处，占住山头，宋江大军来到七里湾，两军对垒（lěi），展开厮杀，石宝不敌，率军直退桐庐（lú）县界内，宋江指挥众将杀过富阳山岭，宋江连夜调兵遣（qiǎn）将，分三路去桐庐县劫寨，王矮虎夫妇活捉温克让，宋江听报，催促军马拔寨起营，到桐庐县屯驻军马，宋江一面赏赐了王矮虎夫妇，一面将温克让押到杭州张招讨前斩首。

宋江兵马到达乌龙岭下，过岭就是睦州。宝光国师引众将死守乌龙关隘。

宋江军马在乌龙岭下扎寨，派李逵领步军去探路。李逵带人到乌龙岭下，岭上面的檑木炮石打下来，李逵无计可施，只好退回。宋江又派阮小二、孟康、童猛、童威从水路去探路。

乌龙岭那面正好是方腊水寨。阮小二四人乘驾船只，只顾摇船上滩，被方腊水军围住。阮小二自刎（wěn）而死，孟康阵亡，童猛、童威拼死杀出重围。

宋江退回桐庐扎寨，见损失了阮小二、孟康，寝食难安。解珍、解宝两人说，晚上装作猎户，爬上山去放火，惊扰贼兵，宋江允许。

当晚，解珍、解宝穿虎皮套袄，跨腰刀，提钢叉，往乌龙岭而来。等到二更，他们偷偷爬上岭来，已经看见岭上灯光了。

两个又往上爬，快要上顶时，只听得上面叫声："着！"一把挠钩搭住解珍发髻（jì），把他悬空提了起来。解珍连忙抽刀砍断挠（náo）钩，人却从半空掉下来，当场摔死。解宝也被射死在岭边竹藤（téng）丛里。岭上军士下来，把解珍、解宝尸体吊在半空风化。

宋江见又损失了解珍、解宝，连夜进兵乌龙岭，见乌龙岭上两棵树下，挂着解珍兄弟俩的尸首。宋江叫人上树去取尸首，四下里战鼓齐鸣，宋江人马被围在核心。宋江早有防备，双方大战一场各自收兵。

解珍解宝提议自己装作猎户，爬上乌龙岭放火，惊扰贼兵。

石宝找方腊要救兵，方腊已无兵可派，只好让睦州派守将夏侯成，带五千军来协助石宝。

朝廷派童贯来犒（kào）劳军队，并带大将王禀（bǐng）前来助战。童贯当即要去攻乌龙岭，吴用劝住。

吴用派燕顺、马麟（lín）去打探有没有到乌龙岭后边的小路。燕顺、马麟果然从一个老人口中，探得一条秘密小路，直通乌龙岭后边的东管关隘（ài），东管离睦州不远，并且西门就是乌龙岭。

宋江领十二员将领，马步军一万人，在老人的带领下，到达东管，准备声东击西，佯（yáng）攻睦州，实际想从乌龙岭后面，前后夹攻乌龙岭。

东管守将伍应星，以为宋江真来攻打自己，想到自己人少力薄，直接放弃东管，回睦州去报告丞相祖士远。祖士远大惊，急召众将商议。

石宝见宋江往睦州去了，决定按兵不动，坚守乌龙岭，但邓元觉坚持要救睦州，点五千人马，带夏侯成去了。

经典名句
得之易，失之易。得之难，失之难。
规模有似马陵道，光景浑如落凤坡。

110

经典原文

阮小二看见，喝令水手放箭，那四只快船便回。阮小二便叫乘势赶上滩去。四只快船傍滩（tān）住①了，四个总管却跳上岸，许多水手们也都走了。阮小二望见滩上水寨里船广，不敢上去，只在水头望。只见乌龙岭上把旗一招，金鼓齐鸣，火排一齐点着，望下滩顺风冲将下来。背后大船，一齐喊起，都是长枪挠（náo）钩，尽随火排下来，只顾杀敌军。童威、童猛见势大难近，便把船傍（bàng）岸，弃了船只，爬过山边，步行上山，寻路回寨。阮小二和孟康，兀（wù）自在船上迎敌，火排连烧将来。阮小二急下水时，后船赶上，一挠钩搭住。阮小二心慌，怕吃②他拿去受辱，扯出腰刀自刎（wěn）而亡。孟康见不是头，急要下水时，火排上火炮齐发，一炮正打中孟康头盔（kuī），透顶打做肉泥。四个水军总管，却上火船，杀将下来。李俊和阮小五、阮小七都在后船，见前船失利，沿江岸杀来，只得急忙转船，便随顺水放下桐庐岸来。再说乌龙岭上宝光国师并元帅石宝，见水军总管得胜，乘势引军杀下岭来。水深不能相赶，路远不能相追，宋兵复退在桐庐驻扎，南兵也收军上乌龙岭去了。

注释：①住：这里指停靠。②吃：被。

课外试题

方腊派谁去协助石宝？

答案：方腊派谁敖去时，方腊无奈，只好把睦州守将直接调成桥五千去协助石宝。

第一百一十七回

虚晃枪
宋江取睦州

人物	绰号	性格	兵器
马麟（地明星）	铁笛仙（梁山排名第67位）	忠义双全	大滚刀

点题

宋江声东击西取睦州，然后杀了个回马枪，再取乌龙岭。

邓元觉在去睦州的路上，和宋江相遇。秦明出战邓元觉，斗到五六个回合，回马就走，宋军也四散奔逃。邓元觉见宋军逃散，直接来捉宋江。花荣等邓元觉走近，一箭射去，邓元觉落马，被军士杀死，夏侯成逃往睦州。

宋兵再从乌龙岭后面攻岭，上面檑（léi）木炮石打下来，攻不上去，宋江就顺势去打睦州。

睦州守将祖士远急派

马麟，建康府人氏，原为黄门山三寨主，后因钦慕宋江而入伙梁山，担任马军小彪将兼远探出哨头领。

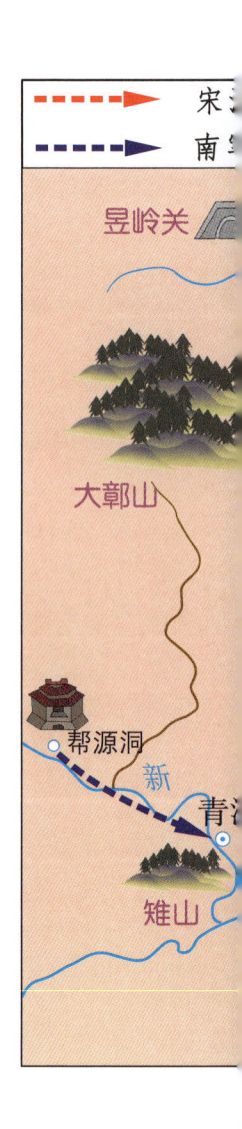

夏侯成去找方腊告急，方腊派殿前太尉郑彪（biāo）领一万五千名御林军，星夜来救睦州。郑彪邀请天师包道乙同行，郑彪是包道乙的徒弟，学了许多法术，只要上阵厮杀，必有云气相随，人称"郑魔君"。

宋江正打睦州，郑彪领军到了。宋江派王矮虎夫妇迎敌。

郑彪和王矮虎斗到八九个回合，开始作法，只见郑彪头顶冒出一团黑气，黑气中一个金甲天神手握降魔杵（chǔ），从半空打了下来。王矮虎一

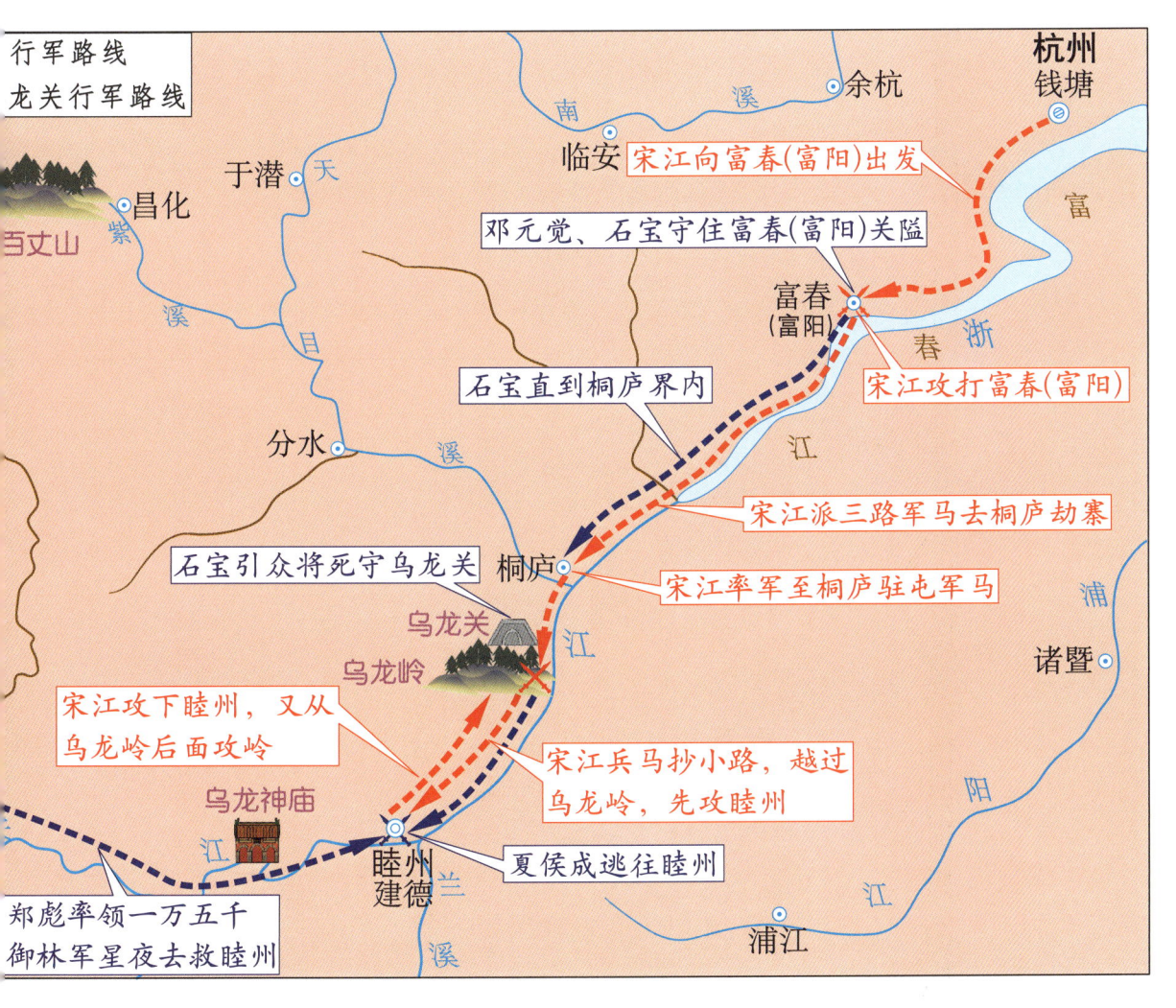

宋江苦战乌龙岭示意图

惊，被郑魔君一枪戳（chuō）下马。一丈青来救，又被郑彪用金砖打死。

宋江见损失了王矮虎夫妇，忙带李逵、项充、李衮和五千人马，前来迎敌。李逵举两把板斧，项充、李衮（gǔn）拿牌掩护，冲向郑彪。郑彪回马就走，三人追杀。突然，四面乌云笼罩，黑气漫天，辨不清方向，宋江军马被包天师作法迷了路，乱了起来。

危急关头，一个自称邵（shào）俊的人化解了云雾，救了宋江。原来是当地龙神见宋江危难，现身救助。

紧接着郑彪军来，鲁智深、武松和郑彪交手。包天师用玄天混元剑砍断武松左臂，鲁智深救下武松，夺了混元剑，又遇着夏侯成，夏侯成逃往山林，鲁智深追去。

李逵、项充、李衮追赶郑彪，经过一条小溪，被南军伏击，李衮被乱箭射死，项充被剁成肉泥。李逵被花荣、秦明、樊（fán）瑞救回，唯独不见鲁智深。

宋江见此，不禁悲从中来，探马报道："军师吴用和关胜、李应等一万军兵从水路到来。"宋江听罢，赶忙迎接，吴用说明来由，宋江陈述战况，吴用听罢，只得安慰宋江应以大局为重。后与吴用商量攻敌之法，到了半夜，宋江神思困倦，慢慢睡去，梦里邵（shào）龙君长告诉宋江睦州来日可破。宋江与吴用商议后，决定攻打睦州。

第二天早上，宋江派燕顺、马麟守住乌龙岭大路，派关胜、花荣、秦明、朱仝（tóng）攻打睦州北门，凌振放火炮直攻入城。

包天师和祖丞相等人上城楼观看，郑彪出城对敌。郑彪斗不过关胜，依旧作法，黑气中一个金甲神人，手握降魔杵打了下来。

宋江阵里樊瑞也急忙作法，只见关胜头上升起一道白云，白云中一个骑乌龙的神将，三两回合，打败郑魔君头上的金甲神人。接着关胜一刀，砍郑彪于马下，包道乙也被轰天炮击中身亡。宋江指挥军马杀入睦州城，生擒了祖士远等人，其余将士全被杀死。

乌龙岭那边传来消息："石宝引军杀过来，马麟、燕顺被杀死。"宋江急派关胜、花荣、秦明、朱仝四人去取乌龙岭。

关胜四将杀到乌龙岭东，童枢密人马从岭西杀上岭，两边夹攻，一阵混战。吕方、郭盛带人上山，郭盛被飞石砸死，吕方和白钦（qīn）拼杀，由于使力过猛，两人都摔下悬崖身亡。石宝见无退路，怕被捉受辱，自刎（wěn）而死。

宋江夺了乌龙岭，大队人马回到睦州，等候卢俊义兵马，同取清溪。

经典名句
名标青史千年在，功播清时万古传。
王气东南已渐消，犹凭左道用人妖。
文英既识真天命，何事捐生在伪朝？
山川震动，高低浑似天崩；溪涧（jiàn）颠狂，左右却如地陷。

经典原文
宋江见了失惊，起身叙礼，便问秀才高姓大名。那秀才答道："小生姓邵名俊，土居于此。今特来报知义士，方十三气数将尽。只在旬日可破。小生多曾与义士出力，今虽受困，救兵已至，义士知否?"宋江再问道:"先生,方十三气数,何时可获?"邵秀才把手一推,宋江忽然惊觉,乃是南柯一梦。醒来看时,面前一周遭大汉,却原来都是松树。宋江大叫军将起来,寻路出去。此时云收雾敛,天朗气清,只听得松树外面,发喊将来。宋江便领起军兵,从里面杀出去时,早望见鲁智深、武松一路杀来,正与郑彪交手那包天师在马上,见武松使两口戒刀,步行直取郑彪(biāo)。包道乙便向鞘(qiào)中掣(chè)出那口玄天混元剑来,从空飞下,正砍中武松左臂,血晕倒了。却得鲁智深一条禅杖,忿(fèn)力[1]打入去,救得武松时,已自左臂砍得伶仃(líng dīng)[2]将断,却夺得他那口混元剑。武松醒来,看见左臂已折,伶仃将断,一发自把戒刀割断了。宋江先叫军校扶送回寨将息。鲁智深却杀入后阵去,正遇着夏侯成交战。两个斗了数合,夏侯成败走。鲁智深一条禅杖直打入去,南军四散。夏侯成便望山林中奔走,鲁智深不舍,赶入深山里去了。

注释:①忿力:奋力、竭力,忿同"奋"。②伶仃:没有依靠。

课外试题

宋江攻打清溪县城时损失了哪些人?

答案:宋江损失了五明,邓飞张,项二娘,孔亮,燕顺,马麟,杜迁,宋万。

第一百一十八回

战昱岭
宋江破清溪

人物	杜迁（地妖星）
绰号	摸着天（连山排名第83位）
性格	软弱、没有野心
兵器	天王棍

点题

李俊诈降，里应外合破了清溪洞。

卢俊义领三万人马经过临安镇钱王故都，来到昱（yù）岭关前。昱岭关守将庞万春，绰号"小养由基"，擅长射箭，有雷炯（jiǒng）和计稷（jì）两员副将，都能开强弓。

卢俊义派时迁偷上昱岭关，放火扰乱守关将士心神。卢俊义带人冲上关，杀了雷炯和计稷，庞万春逃到歙（shè）州。

卢俊义夺了昱岭关，率军赶到歙州城下，又经过一番血战，攻克歙州，歙州守将方贺、庞万春、雷炯、计稷、高玉、王寅（yín）全部被杀，但卢俊义也损失了史进、石秀、陈达、杨春、李忠、薛永、欧鹏、张青、丁得孙、单廷珪、魏定国、李云、石勇十三员将领。

卢俊义派人报告宋江，约日攻取清溪县。方腊决定御驾亲征，让皇侄方杰为正先锋，

杜迁，原是梁山二寨主，但因本领平平，晁盖、宋江掌政时期，地位较低，担任步军将校。

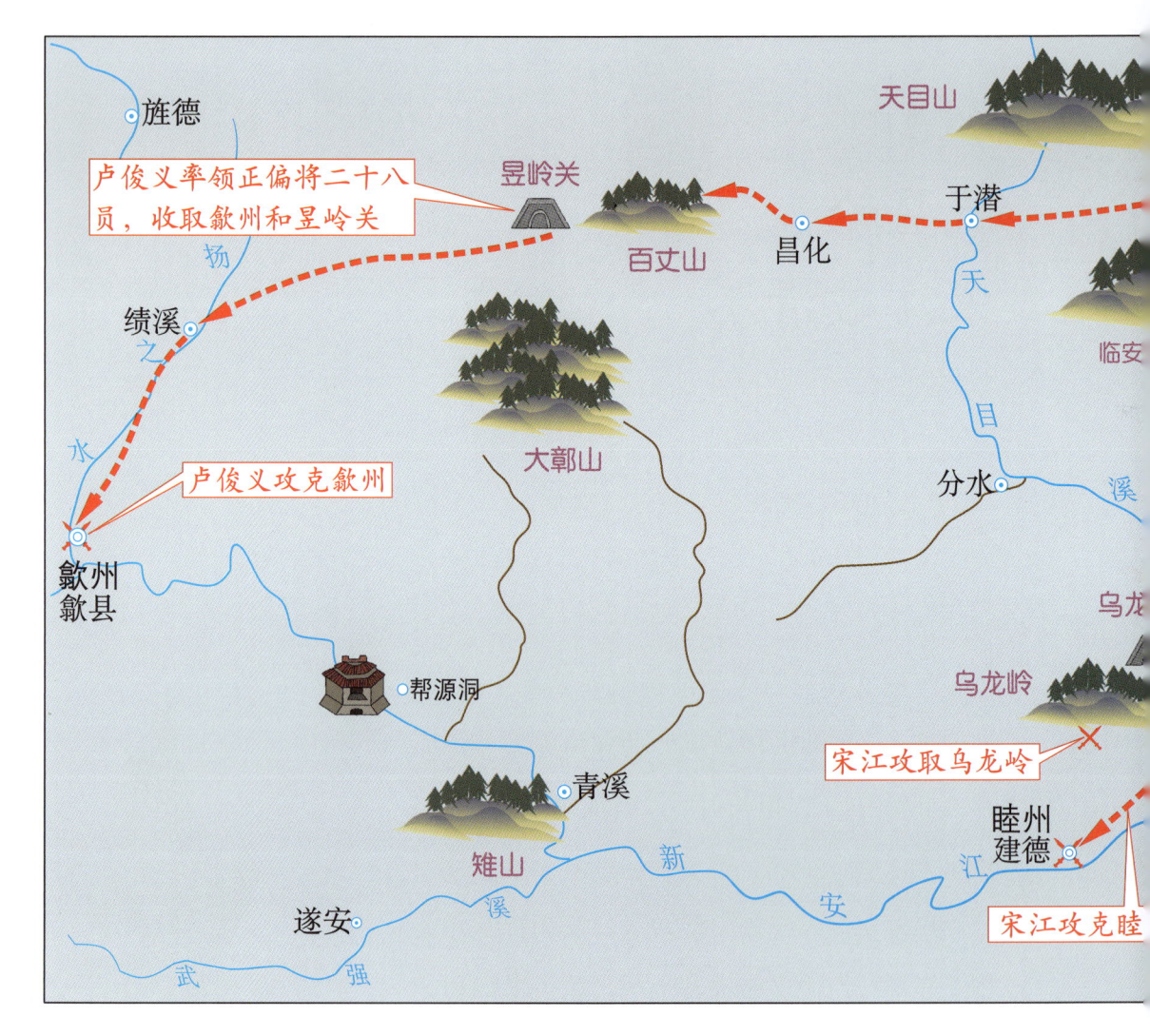

[图中文字：
旌德　天目山　昱岭关　于潜
卢俊义率领正偏将二十八员，收取歙州和昱岭关
百丈山　昌化　临安
绩溪
大鄣山　分水
卢俊义攻克歙州
歙州歙县　帮源洞　乌龙岭
乌龙　宋江攻取乌龙岭
青溪　睦州建德
雉山　新安江
遂安　宋江攻克睦
武强]

宋江兵分两路进攻方腊老巢示意图

骠（piào）骑将军杜微为副先锋，领御林军一万三千人迎敌。

宋江兵马水陆并进，往清溪进发。吴用说："若要生擒方腊，必须里应外合。"宋江说："柴进和燕青去做卧底，至今没有消息。现在派谁去好？"吴用就派水军头领李俊等，佯装去献粮投降。

李俊、阮小五、阮小七扮作艄（shāo）公，童威、童猛扮作水手，驾驶六十只粮船，去清溪县，说前来投降，献纳粮米。

丞相娄（lóu）敏中盘问李俊献粮投降的原因，李俊说自己救过宋江性命，

如今宋江做了先锋，忘恩负义，不拿李俊水军当回事，现在气不过宋江，所以献出粮米船只，一泄心头之恨。方腊收了粮食，叫李俊五人仍在清溪管领水寨。

宋江和吴用调兵遣将，派关胜、花荣、秦明、朱仝四员正将为前队，引兵前往清溪县，正碰到南国皇侄方杰。宋江、方腊两军相对，宋江阵上秦明直取方杰，三十多个回合不分胜败，方腊阵中杜微暗使飞刀偷袭，秦明急躲飞刀，被方杰一戟（jǐ）戳死。

宋江准备再派大将上阵，方腊突然收兵。原来李俊、阮小五、阮小七、童威、童猛在清溪城里放起火来，方腊回军救城。

宋江见方腊退兵，知道李俊等人已经行动，急令军马攻城。这时卢俊义人马也到，宋兵四面围攻清溪，攻破了清溪城。

方杰护送方腊逃到帮源洞去了。宋江大军进入清溪县城，清点人马，死了秦明、郁（yù）保四、孙二娘、邹（zōu）渊、杜迁、李立、汤隆、蔡福、阮小五九名将领。

宋江同卢俊义带兵直抵帮源洞口，却无法攻入。方腊在洞里如坐针毡（zhān），忽然一人愿去退敌，方腊一看，是驸马柯（kē）引。

119

经典名句

天时不如地利，地利不如人和。

生死人皆分定。

方天画戟（jǐ）成行，龙凤绣旗作队。

经典原文

宋江赏了社老，却令人先取了娄丞相首级，叫蔡庆将杜微剖腹剜（wān）心，滴血享祭秦明、阮小五、郁保四、孙二娘，并打清溪亡过众将。宋江亲自拈香祭赛已了，次日与同卢俊义起军，直抵帮源洞口围住。且说方腊只得方杰保驾，走到帮源洞口大内，屯驻人马，坚守洞口，不出迎敌。宋江、卢俊义把军马周回围住了帮源洞，却无计可入。却说方腊在帮源洞如坐针毡（zhān），亦无计可施。两军困住，已经数日。方腊正忧闷间，忽见殿下锦衣绣袄一大臣，俯（fǔ）伏在地，金阶殿下启奏："我王，臣虽不才，深蒙主上圣恩宽大，无可补报。凭夙（sù）昔①所学之兵法，仗平日所韫（yùn）②之武功，六韬（tāo）三略曾闻，七纵七擒（qín）曾习。愿借主上一支军马，立退宋军，中兴国祚（zuò）③。未知圣意若何，伏候我王诏旨。"方腊见了大喜，便传敕（chì）令尽点山洞内府兵马，教此将引兵出洞，去与宋江相持。未知胜败如何，先见威风出众。

注释：①夙昔：往日。②韫：这里引申为"学习"。③国祚：王朝维持的时间。

课外试题

方腊最后被谁活捉？

答案：鲁智深。

第一百一十九回

小旋风
卧底捉方腊

人物	穆春（地镇星）
绰号	小遮挡（梁山排名第80位）
性格	重义轻利、骄傲蛮横
兵器	长枪

点题

柴进和燕青成功打入方腊老巢做卧底，为活捉方腊立了大功。

原来柴进和燕青来到睦州，柴进称自己是中原秀才柯引，知天文地理，会阴阳八卦，见江南有天子气，特来投奔。方腊见柴进仪表不俗，又见柴进知书达礼、高谈阔论，就招柴进为驸马，所有军情要事，都和柴进商议。

现在驸马愿领兵出战，方腊大喜。两军出阵，宋江军中都认得柴进，花荣、关胜、朱仝（tóng）分别上阵，和柴进装模作样打斗，然后败走，方腊喜不自禁。

第二天一早，方腊带领内侍近臣，登上帮源洞顶，继续看驸马厮杀。

方杰要求先出阵，柯驸马同意。关胜和方杰对敌，两人战不过十个回合，花荣助阵。方杰力战二将，难见输赢。宋江队里李应、朱仝出阵，方杰见

穆春，原是揭阳镇富户，与哥哥穆弘为当地一霸，后入伙梁山，担任步军将校。

121

卢俊义大战昱岭关与方腊覆没示意图

四将来攻，拨转马头，往本阵便走。

柯驸马把手一招，关胜、花荣、朱仝、李应赶过来。柯驸马拦住方杰，方杰没有防备，被柴进一枪戳（chuō）死。方腊在洞顶见柴进杀了方杰，急忙逃走。宋江人马兵分五路，杀进洞来，争捉方腊。

方腊从帮源洞山顶下来，换了衣服逃命。他走到一处山坳（ào），被鲁智深捉住，绑了来见宋江。原来，鲁智深在乌龙岭追赶夏侯成入山，迷路遇着个老和尚，领他到这里等候，让他见着有个大汉从这里路过就捉住，不想竟捉了方腊。

梁山好汉分封示意图

宋江把方腊押回东京治罪，经过杭州，在杭州养病的张横等六人已死，只有杨林、穆春随军回京。

宋江人马在六和塔驻扎。半夜，鲁智深听到江上潮声如雷，以为是战鼓响，跳起来提起禅杖，准备厮杀。和尚们都说不是战鼓响，是钱塘江潮信在响。鲁智深问什么是潮信，和尚们说潮水每年准时到来，因不失信，称为潮信。

鲁智深心中一动，想到师父智真长老给自己的四句偈言："逢夏而擒"，在万松林活捉夏侯成；"遇腊而执"，生擒方腊；今日正应了"听潮而圆，见信而寂"，明白自己圆寂的时候到了，于是洗澡更衣，打坐圆寂。

武松在六和寺出家；杨雄背上长疮（chuāng）而死；时迁患搅肠痧（shā）而死；杨志病死；林冲风瘫（tān），留在六和寺中，半年后死亡。

燕青劝卢俊义归隐，卢俊义却要衣锦还乡，燕青只好自己偷偷离开。

李俊谎称中风，让宋江留下童威、童猛照顾，等病体痊（quán）愈再回京城。宋江走后，三人来到榆柳庄上，和费保四人聚集，变卖资产，打造船只，从太仓出海，来到海外，后来成为暹（shā）罗国主。

宋江等人回京，天子给予一百零八人赏赐，并且御笔改睦州为严州，歙（shè）州为徽州，清溪县改为淳安县，给活着的二十七位将领授予官职。

先锋使宋江,加授武德大夫、楚州安抚使、兼兵马都总管。

副先锋卢俊义,加授武功大夫、庐州安抚使、兼兵马副总管。

军师吴用,授武胜军承宣使。

关胜授大名府正兵马总管。

呼延灼授御营兵马指挥使。

花荣授应天府兵马都统制。

柴进授横海军沧州都统制,后辞官回横海郡为民。

李应授中山府郓州都统制。

朱仝授保定府都统制。

戴宗授兖州府都统制。

李逵授镇江润州都统制。

阮小七授盖天军都统制,后受到蔡京等人的陷害,被天子追夺官诰（gào）,带着老母回到梁山泊石碣村,靠打鱼为生。

孙立、孙新、顾大嫂回登州任用；邹润不愿意做官,回登云山去了；黄信仍任青州；蔡庆跟随关胜回北京为民；裴宣与杨林回饮马川；蒋敬回潭州为民；穆春自回揭阳镇为良民。

经典名句
身边自有君王赦（shè）,洒脱风尘过此生。
凛凛清风生庙宇,堂堂遗像在凌烟。

> **经典原文**
>
> 上皇敕（chì）①命各各正偏将佐（zuǒ），封官授职，谢恩听命，给付赏赐。偏将一十五员，各赐金银三百两，采段五表里。正将一十员，各赐金银五百两，采段八表里。先锋使宋江、卢俊义，各赐金银一千两，锦段十表里，御花袍一套，名马一匹。宋江等谢恩毕。又奏睦州乌龙大王，二次显灵，护国保民，救护军将，以全德胜。上皇准奏，圣敕加封忠靖灵德普祐孚（fú）惠龙王。御笔改睦州为严州，歙（shè）州为徽（huī）州，因是方腊造反之地，各带反文字体。清溪县改为淳安县，帮源洞凿（záo）开为山岛。敕委本州官库内支钱起建乌龙大王庙，御赐牌额，至今古迹尚存。江南但是方腊残破去处，被害人民，普免差徭（yáo）②三年。当日宋江等各各谢恩已了，天子命设太平筵宴，庆贺功臣。文武百官，九卿四相，同登卿宴。是日，贺宴已毕，众将谢恩。

注释：①皇敕：皇帝的诏书。②差徭：徭役。

课外试题

鲁智深在哪里圆寂？

答案：杭州六和寺。鲁智深在征讨方腊成功后，在杭州六和寺中坐化，也就是方丈说的，在杭州六和寺圆寂。

第一百二十回

蓼儿洼好汉留悲歌

点　题

一心效忠皇帝的宋江等人，最终却被奸臣毒死，落得个悲惨结局。

　　征战归来的梁山二十七个兄弟，领了赏赐，又有九人辞官回乡，朱武、樊（fán）瑞随公孙胜出家，宋江去楚州到任，卢俊义去庐州到任，吴用去武胜到任，花荣去应天府到任，李逵到润州到任，其余都有去处。

　　蔡京、童贯、高俅、杨戬（jiǎn）四个贼臣，见皇帝重赏宋江等人，心头怀恨。他们便在天子面前污蔑卢俊义招兵买马、囤（tún）积粮草、意图谋反，天子听后，下诏让卢俊义回京，卢俊义回京后，高俅、杨戬在天子御赐的膳食中暗放水银。卢俊义不知高俅等的阴谋，食用膳食后，拜别天子，星夜赶回庐（lú）州。不料当船行驶到泗（sì）州淮河时，卢俊义毒发身亡。

　　蔡京、童贯、高俅、杨戬又跟天子说："卢安抚醉酒落水而死，怕宋安抚伤心，御赐御酒安慰。"皇上就赐御酒二樽（zūn），派使者送往楚州。四个奸臣买通使者，把慢性毒药放在御酒里面，送给宋江。

　　宋江自从到楚州做安抚，爱惜军民，深受军民爱戴。宋江公事之余，常到楚州南门外一个叫蓼（liǎo）儿洼的地方游玩。蓼儿洼四面是水，中间高山一座，风景秀丽，和梁山泊非常相似。

　　宋江到任半年，忽然有一日，朝廷赐御酒到来，宋江喝后，将御酒回敬使者，使者称不会饮酒推辞。宋江一喝御酒，感觉肚子疼，心中怀疑被下药，

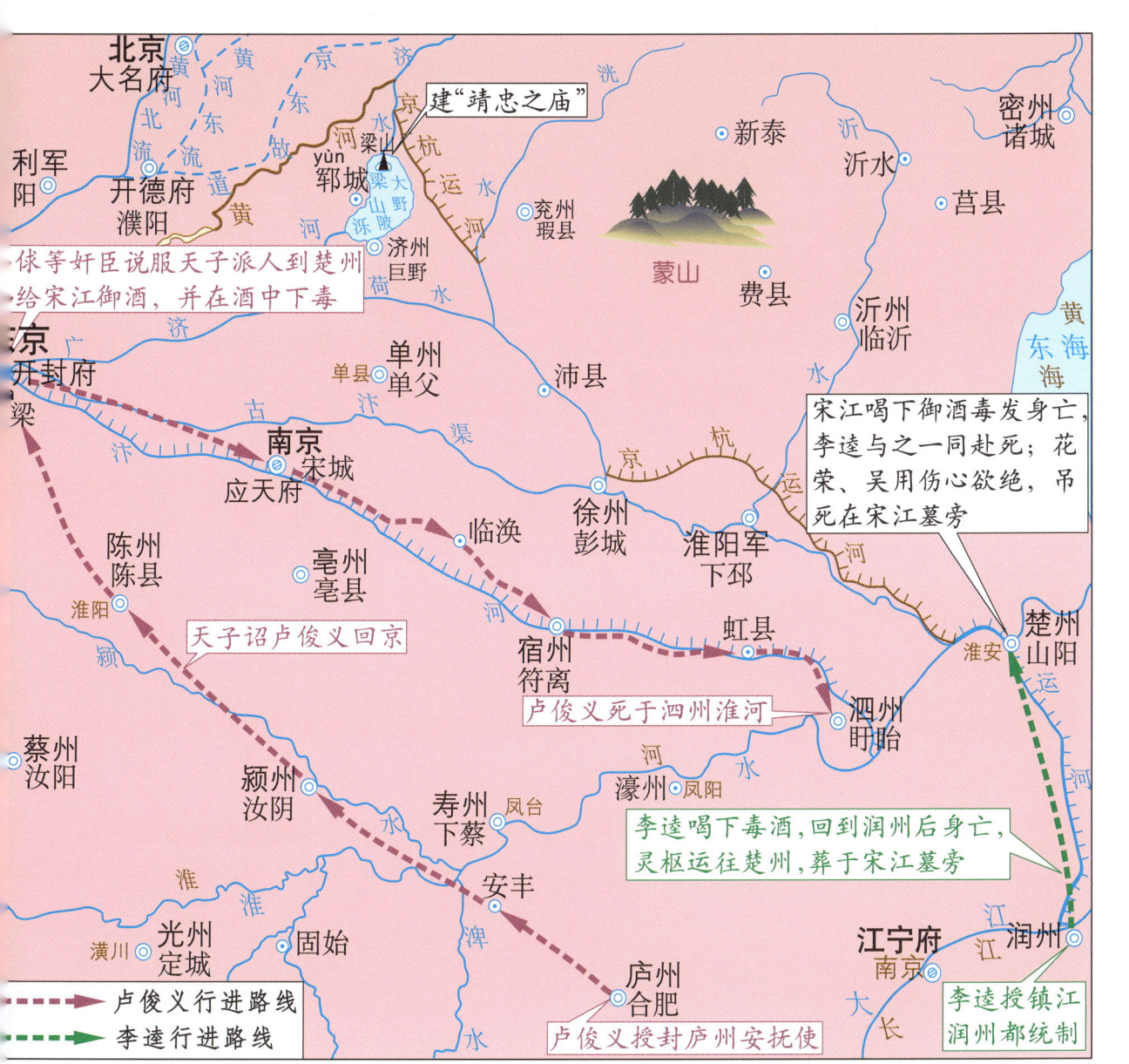

好汉神聚蓼(liǎo)儿洼示意图

打听使者在回去的路上喝了酒，宋江知道中计，想到自己死后，李逵又要造反，就派人往润州请李逵来楚州。

李逵来到楚州，宋江请李逵喝酒。喝到半路，宋江说朝廷派人送来毒酒，要毒死他，李逵听了，果然要再反上梁山。宋江告诉李逵，说正因为怕李逵造反，也给他喝了毒酒。李逵哭了，说死也跟哥哥在一起。

回到润州，李逵果然毒发身亡。临死之时，李逵嘱咐手下，把他的灵柩(jiù)送到楚州，和宋江一处埋葬。

宋江毒发身亡，死前嘱咐亲随，将他埋在蓼儿洼。几天之后，李逵灵柩也从润州运来，埋在宋江墓侧。

吴用和花荣来楚州探望宋江，见宋江、李逵已死，两人大哭一场，双双在墓旁上吊而死。

楚州人民建庙，塑像三十六员于正殿，两廊（láng）塑七十二将，年年祭祀（sì），万民祭拜，至今古迹尚存。蓼儿洼英雄悲歌，传唱至今！

经典名句
恨小非君子，无毒不丈夫。

经典原文
吴用道："贤弟，你听我说。我已单身，又无家眷，死却何妨。你今见有幼子娇妻，使其何依？"花荣道："此事不妨，自有囊（náng）箧（qiè）①足以餬（hú）口。妻室之家，亦自有人料理。"两个大哭一场，双双悬于树上，自缢（yì）而死。船上从人，久等不见本官出来，都到坟前看时，只见吴用、花荣，自缢身死。慌忙报与本州官僚（liáo），置备棺椁（guǒ）②，葬于蓼（liǎo）儿洼宋江墓侧，宛然东西四丘。楚州百姓感念宋江仁德，忠义两全，建立祠（cí）堂，四时享祭，里人③祈祷，无不感应。

注释：①囊箧：袋子和箱子，借指家庭资产。②棺椁：棺材。③里人：同乡。

课外试题

宋江等人的葬身之地叫什么？

答案：蓼儿洼。